白雲飘飘

汪恭胜 著

百花洲文艺出版社
BAIHUAZHOU LITERATURE AND ART PRESS

图书在版编目（CIP）数据

白云飘飘 / 汪恭胜著 . -- 南昌：百花洲文艺出版社，2021.12
ISBN 978-7-5500-4558-3

Ⅰ.①白… Ⅱ.①汪… Ⅲ.①诗集 – 中国 – 当代 Ⅳ.① I227

中国版本图书馆 CIP 数据核字 (2021) 第 269475 号

白云飘飘

BAI YUN PIAO PIAO

汪恭胜　著

责任编辑　　许　复
书籍设计　　弘　图
制　　作　　刘毅夫
出版发行　　百花洲文艺出版社
社　　址　　南昌市红谷滩区世贸路 898 号博能中心 A 座 20 楼
编辑电话　　0791-86894717
邮　　编　　330038
经　　销　　全国新华书店
印　　刷　　三河市嵩川印刷有限公司
开　　本　　787mm × 1092mm 1/16　　印张 14
版　　次　　2022 年 4 月第 1 版第 1 次印刷
字　　数　　200 千字
书　　号　　ISBN 978-7-5500-4558-3
定　　价　　48.00 元

赣版权登字 05-2022-58

目　录

六、五言律诗 26

贺 诗

为汪恭胜《白云飘飘》出版致贺

徐际昌

年华浓就付丹青，心血成书岁月铭。

乡野丛林路多棘，巴山楚水屋高瓴。

京都大厦添砖瓦，汪氏宗祠趋步庭。

文理兼优才德备，吟坛科研耀双星。

徐际昌：安徽省潜山市源潭镇人，中学高级教师退休。早年曾是汪恭胜的中学老师。

次韵答谢徐老师赠诗

汪恭胜

不老寒松郁郁青，当年教诲感恩铭。

几行寄语如铺玉，无限关怀似建瓴。

万里清辉伴诗酒，千重雅韵绕门庭。

此身虽在红尘地，心上云端可摘星。

贺汪恭胜先生《白云飘飘》出版

郑　蔚

久仰高名面未谋，经纶满腹品行优。

文坛巨擘存风范，书卷豪情献壮猷。

才德双馨扬四海，古今一脉续千秋。

承先启后金瓯固，万代儿孙永祚麻。

郑蔚：安徽省潜山市黄泥镇人，多家新闻媒体特约通讯员，中学高级教师退休，省、市、县诗词学会会员。

次韵致谢郑蔚先生赠玉鼓励

汪恭胜

满腹文章酬德谋，笃仁嫉恶更推优。

休言怀古吟清韵，莫道匡时寄大猷。

天柱巍巍擎日月，皖河渺渺傲春秋。

高贤隐在黄泥港，弟子三千赖抚麻。

为恭胜先生《白云飘飘》出版致贺

汪中新

府门学子返潜阳，才气增华一本堂。

作对吟诗马前涛，急公好义族中扬。

联宗查谱倾全力，起草行笺尽热肠。

浔幸源潭人杰出，文风祖德赖君昌。

汪中新：安徽省潜山市余井镇人，中学高级教师退休，安徽省作家协会会员，中华诗词学会会员，安徽省、安庆市诗词学会会员。

次韵以谢中新先生赠玉致贺

汪恭胜

耄耋之年犹旭阳，闻名遐迩德堂堂。

宗祠兴复家声继，国粹传承世誉扬。

抱恙何曾愁岁月，诲人依旧热心肠。

长春黄岭圣贤地，恨水流风千载昌。

贺汪府恭胜先生《白云飘飘》出版

刘盛文

恭胜行云喜著书，诗词结集字珠如。

潜阳俊杰家风厚，世代精英祖德储。

望族重修新谱牒，名门复建旧祠庐。

先生付出倾才力，不计辛劳霜满梳。

刘盛文：安徽省潜山市梅城镇人，安徽省诗词学会会员。

次韵感谢刘盛文先生赠玉鼓励

汪恭胜

满纸涂鸦枉作书，感君赠玉意何如。

久闻雅韵人同醉，谁料宏才皆自储。

澄澈清香原上草，葱茏化境故乡庐。

今宵应是难眠夜，心绪幽幽对月梳。

为汪恭胜先生《白云飘飘》出版致贺
——依中新兄韵

汪火节

唐风宋韵吐芬芳，成册诗词谱锦章。

总抒情怀讴祖国，常留乡绪寄潜阳。

夜间默默联宗友，白昼勤勤铸栋梁。

一本堂中称俊杰，德才兼备盛名扬。

汪火节：安徽省潜山市王河镇新发村人，潜阳汪氏一本堂秘书长，安徽省诗词学会会员。

次韵以谢火节先生赠诗致贺

汪恭胜

公道无私史册芳，并兼雅俗好文章。

三千清意同明月，一颗红心向太阳。

村务关怀知疾苦，族歌流韵绕雕梁。

烟云过眼终消散，坦荡胸襟志气扬。

贺汪恭胜先生《白云飘飘》出版
——次汪中新老师诗韵

张德仁

东坡岭上露骄阳，柳绿莲池守雅堂。

书卷豪情诗织锦，灵通神斧韵滋肠。

芙蓉一跃千川醉，才德双馨四海扬。

喜看清华随翼展，满园新翠族凤昌。

张德仁：安徽省潜山市余井镇人，安徽省诗词学会会员。

次韵以谢张德仁先生赠诗鼓励

汪恭胜

裁冰琢玉凤朝阳，佳作篇篇满画堂。

高义不辞频拭泪，真情无限几回肠。

文词用典知兴废，诗句寻芳自抑扬。

喜看春风吹大地，花开万里尽荣昌。

贺喜《白云飘飘》出版

储昭进

恭读才郎著俊篇，香醇胜似饮清泉。

与时同赞扬家世，殚虑深思记古贤。

博览经文承睿志，精求疏注学研专。

白云碧海怀丹梓，天柱通灵代代传。

储昭进：笔名朝缙，安徽省潜山市槎水镇人，现居云南省临沧市。安徽省诗词学会会员。

次韵以谢储昭进先生赠玉

汪恭胜

中诗网上万千篇，直叹才思若涌泉。

客路生涯怀故里，群芳文苑聚英贤。

昭然焕彩儒林秀，进已炳辉经术专。

枫叶荻花歌一曲，皖风皖韵共承传。

为汪恭胜先生《白云飘飘》出版致贺

徐华胜

一本堂中众所尊，不同凡响出名门。

为人低调常帮友，作律高词总动魂。

修谱三更查古典，联宗四面访新村。

佳文洒洒排前列，君子谦谦启后昆。

徐华胜：安徽省潜山市余井镇人，安徽省诗词学会会员。

次韵致谢徐华胜先生赠诗

汪恭胜

畅饮开怀酒一尊，欢欣雅韵绕柴门。

骚人赐玉添琼彩，野叟承情入梦魂。

钦叹披荆霜雪路，矜嗟乐道水云村。

美篇落笔诗心寄，不二风流及后昆。

自 序

中国古诗词源远流长，绵延数千年。她承载了厚重的民族情感，寄托了真切的家国情怀；她深刻的内涵、高远的意境、丰富的哲理深深震撼着人们的心灵。无论是朝堂之上，还是乡野之间，无不喜闻乐诵，眼醉心迷。

我学写诗词，还得从接触宗谱、阅读谱序、艺文等古文开始说起。谱序是用来说明宗谱纂修的历史背景、主题、宗旨，纂修宗谱起因和经过的前导性文章，而艺文则记载传记、诰敕、碑文、墓志、诗词等等，都是文言文，要想看懂这些古文的内容，不下一番功夫是不行的。我是学工科的，语文所学有限。于是，查阅字典、百度搜索、微信群咨询、反复阅读等各种手段都用上了，终于把整个谱首及艺文都看完了。随后，又将手头上全国各地的汪氏宗谱都研读了一遍（一共有十八张光盘）。看完这些古文，除了解相关宗族历史信息外，还有几点感受：一是古文简短精练，讲求"微言大义"，所以就形成了严密简洁的风格，可以说是字字珠玑；二是古文能带来一种静谧悠远的韵味，很多现代文章读起来可能会觉得苍白浅显，没有值得去琢磨的地方，但古文短短几十个字，却需要品了再品，而每一次的品味，都会收获很多不同的感悟；三是艺文里有很多诗词，这些诗词读起来，很有意境，感觉一种别样的美。

或许是这些古文看得多了，日常生活中看到某些场景或事件，心里就忽然有想写诗的冲动。但究竟如何下手，一时还摸不到门道。虽然以前老师可能讲过如何写诗，但时过境迁，早已忘到九霄云外了。无奈，只得百度搜索。非常幸运的是，我搜到了东南大学公开课《诗词格律与写作》，主讲人是王步高教授。这门课一共二十四讲。王步高教授第一课就讲："这门课是要教会同学们写诗、填词、对对子。" 让我印象深刻的是王老师充满激情的讲解，而且讲课中"平、上、去、入"发声清晰，吴侬软语抑扬顿挫，不仅把纷繁的格律章法娓娓道来，更会对古今人事发表自己的评论，使得整个讲座都充满了生气。学完这二十四讲，基本上对诗词有了一个较为系统的了解。从形式上来说,诗词有三要素:押韵、格律、对仗。而诗词之美首先体现在音韵美,诗词韵脚、格律的使用使字音跌宕往复,同声相应,读起来声韵流畅,营造出一种和谐悦耳的音乐美感;其次诗句中的停顿与平仄规律则产生节奏美:听起来或者读起来具有优美的独特的节奏,读起来更是朗朗上口;第三,唐诗句式工整而华美,带给人清新舒适的感觉,而宋词则显婀娜多姿,清新秀丽。更重要的是,诗词可以洗去污浊的功利心,带给人心灵的宁静和沉思,传承着自然和谐与积极向上的精神力量。

历经五年不断的练习,始知形式本易,意境实难。对于"意境"的定义阐述,前人说了很多,但最权威的还是王昌龄和王国维。王昌龄在盛唐时期就提出了诗的三层境界:"诗有三境:一曰物境。欲为山水诗,则张泉石云峰之境,极丽绝秀者,神之于心,处身于境,视境于心,莹然掌中,然后用思,了然境象,故得形似。二曰情境。娱乐愁怨,皆张于意而处于身,然后用思,深得其情。三曰意境。亦张之于意而思之于心,则得其真矣。"王国维说:"古今之成大事业、大学问者,必经过三种之境界:'昨夜西风凋碧树。独上高楼,望尽天涯路。'此第一境也。'衣带渐宽终不悔,为伊消得人憔悴。'此第二境也。'众里寻她千百度,蓦然回首,那人却在,灯火阑珊处。'此第三境也。"前人论述十分精辟。我的理解则是,诗境即心境。心,于大可俯视宇宙,于小能洞察微尘,于古可对话贤圣,于今能体恤苍生,则诗境自现。然而,说时容易做时难,其间需要读多少书,识多少事,领会多少世情,谁也说不清,只不过是当作自己追求的目标而已。在现实生活中,我努力地放松心情,不受世俗羁绊,不受名利烦扰,希望一颗心能够自由自在,不被尘染,就像天上的白云那样,所以我的网名叫"白云飘飘"。

这本诗集是我学诗五年的一个汇集,收录了自 2016 年以来创作的古体诗与近体诗。之所以出版,一是恰逢当今盛世,文化复兴正当其时,希望有更多的人喜欢诗词,更希望大家共同交流;二是想说明我们普通人的生活里也可以有诗,诗词可以让我们陶冶性情,享受人生。

特别要感谢安庆诗词学会副主编汪中新先生提供了很多诗词交流的机会,本人从中获益匪浅。中新先生发展和培养了很多诗词爱好者,为传承国粹殚精竭虑,是我学习的榜样。对于本诗集的出版,中新先生也给予了大力帮助,在此深以致谢!

特别感谢中国长城书画院常务理事、著名书法家贺伟力先生为诗集题签。

感谢我的老师徐际昆先生在诗词交流中给予的鼓励与鞭策。

向发来贺诗的徐际昆老师、郑蔚先生、汪中新先生、刘盛文先生、汪火节先生、张德仁先生、储昭进先生、徐华胜先生表示最诚挚的谢意，感谢诸位赠诗鼓励。

也感谢各位热心诗友在诗词写作交流过程中给予的帮助。

由于水平有限，恳请各位诗友及读者们批评指正。

汪恭胜（白云飘飘）

2021 年 6 月于北京

一、四言古诗

一本堂锦股清明祠堂祭文

惟公元 2021 年 3 月 21 日，岁逢辛丑，大地回春；节值清明，万象更新。一本堂锦股族亲，谨以果品佳肴、香帛冥金之仪，致祭于潜阳汪氏一本堂宗祠，告慰列祖列宗曰：

姬姓汪氏，胄承鸿黄；周鲁之裔，郡望平阳。三代诵公，得姓启航。文和智勇，讨贼渡江。迁居始新，官拜龙骧。显祖汪华，镇静一方。高祖既兴，奉表归唐。越国世家，自此显扬。历朝诰封，徽州太阳。成泰道安，镇守婺源，民怀其德，庙祀年年。彦立中元，迁居大畈。我祖三公，始迁潜阳；肇基立业，意志坚强。二世华一，卜获吉壤；养抚弱弟，慨建桥梁。妙渊德铭，东厢义长。躬耕稼穑，恩泽绵长。四世思义，厚德循良。岁逢大旱，用赈饥荒。朝廷旌表，赫赫煌煌。子孙繁衍，支分十房。元明至今，桂馥兰芳。巨贤垂史，烈士昭章。水源木本，春露秋霜；感祖洪恩，致祭祠堂。先祖家风，振我族邦。秉承祖志，再创辉煌。报效祖国，纵横疆场。为官清廉，民众褒扬。为师执教，桃李芬芳。从医济世，救死扶伤。躬以自耕，食有余粮。静以治学，腹有鸿章。安居乐业，幸福安康。家和事兴，地久天长。仰祖宗之功德，佑后世之隆昌！潜河渺渺，天柱苍苍；古柏凝翠，春花吐芳。告慰我祖，敬献心香。大礼告成，伏惟尚飨！

（2021-03-21）

悼春胜

初秋时节，火伞高张。晴天霹雳，刀风剑霜。春胜驾鹤，魂归西方。突闻噩耗，周身寒僵。不胜悲戚，不胜悲凉。欲哭无泪，凄凄惶惶。思念春胜，三载同窗。同求学问，共谋担当。刻苦学习，意气高昂。教室内外，书声琅琅。亲如兄弟，同学情长。丁酉重聚，神采飞扬。卅年相隔，岁月沧桑。重温旧梦，重进学堂。风云不测，忽遭病殃。天坛就医，双眼迷茫。相对无语，黯然神伤。今日逝去，永隔阴阳。江河呜咽，日月无光。此后再见，入我梦乡。音容宛在，永不能忘。呜呼哀哉，伏惟尚飨！

(2018-08-15)

感悟人生

小小寰球，宇内一粟。万载千年，过隙之促。人海茫茫，唯知心曲，大梦红尘，唯醒者足。

(2020-01-01)

二、五言古诗

游天坑地缝

游天坑地缝，叹鬼斧神工。望绝壁千仞，瞰断崖万重。

注：天坑地缝位于重庆市武隆区仙女镇。

(2016-02-14)

夜览重庆两江

流光飞逝去，异彩存乎心。江上升明月，舟中看浮云。

(2016-02-15)

游野三坡

远山笼翠盖，近水涌春情。野径觅幽处，疑在画中行。

(2016-05-04)

漓江游

人在江中走，船在山上行。奇峰串罗带，婀娜舞轻盈。

(2017-01-28)

读了了赋

读罢了了赋，心中有凄苦。了了人中凤，不平是何故？闲来看诗书，人生无坦途。将相虽有种，如今一抔土。种种不如意，随风飘逝去。快乐复欢乐，铺就天涯路。

(2017-08-07)

又见阿芙蓉图片

春去春又来，花谢花再开。去岁赏美景，今日空伤怀。

(2017-05-16)

煮粥偶得

淘了半碗米，熬成一锅粥。菜汤两混煮，香味四溢流。自给又自足，不用下六楼。人生当自在，管它稀与稠。

(2017-11-29)

月全食

月满月不见，月半月儿圆。满月生残月，月月复年年。蓝月遇血月，盈盛失娇妍。人生如此理，弓满易断弦。

(2018-02-01)

纪念日赠妻

昔日初相见，便如一家亲。并肩担风雨，琴瑟和知音。

(2018-03-07)

牛口峪湿地公园

闲暇游湿地，好景在房山。苍翠环湖绕，幽香扑鼻前。虾游青石上，鱼跃莲叶间。荷盖缀珠玉，游人弄管弦。鸳鸯水中戏，蝴蝶立花边。闹市多烦恼，乡村不羡仙。

山风送清爽，云影荡怡然。野老闲入梦，娇娘笑开颜。京西牛口峪，北国武陵源。见野鸭之悠闲，吁人生之坎坷。赏花开与花谢，叹岁月之蹉跎。观水面之涟漪，悦心中之无波。

注：牛口峪湿地公园位于北京市房山区城关镇牛口峪村北。

(2018-07-09)

游孔雀东南飞景点

皖城有胜地，孔雀东南飞。离城十五里，小吏港生晖。爱情朝圣处，感念最入微。汉时庐江郡，焦刘情相依。只因门户故，大人发怒威。仲卿虽不舍，阿母命难违。刘兄多蛮横，终日辱与讥。聚首再无望，恩爱转头非。悻悻身为殉，鸳鸯双宿归。读罢叙事诗，怅意心中留。真爱动天地，凄凄恨难收。两情愿长久，请到园中游。一步越千年，汉风汉韵幽。绿树修竹径，红花香草楼。何处飘仙乐？兰芝弹箜篌。孔雀台上走，终生不分手。焦刘洞房住，爱河荡悠悠。敲响爱情鼓，同心到白头。

注：孔雀东南飞景点位于安徽省潜山与怀宁交界附近的小市镇。

(2019-02-06)

十八岁寄语

按：今日师妹高建霞女儿满十八岁生日，写几句鼓励祝福她女儿的话语。

匆匆十八春，小女已成人。当立青云志，莫存碌碌心。诗书多雅趣，道德可立身。常念中国梦，爱家更忧民。业专行万里，收获赖艰辛。慎勿失自我，人生唯一真。今逢你生日，祝福小亲亲：常似花间一轮月，圆圆满满，快乐终生。

(2019-02-22)

平谷桃花

平谷有胜景，百里桃花香。飘飘似仙境，尘心饮琼浆。迷离红粉醉，一筋又一筋。不期醒来后，山高水茫茫。

(2019-04-20)

喝粥偶得

有粥还有菜，心绪真愉快。屋里一枝花，年年开不败。

(2019-12-28)

三、七言古诗

丰都鬼城

扬子江畔丰都城，千年鬼国扬美名。刀山火海惩凶恶，荣华富贵褒善诚。

（2016-02-14）

春雪

漫天飞絮翩翩舞，遍地晶莹闪闪绒。纵是寒风萧萧过，枝头已绽点点红。

（2017-02-08）

赞大理同学会

按：下午看朋友圈王智教授和亚克的信息，不觉心里有感。相聚再好，总要分别。深感同学情谊胜似兄弟姐妹，当彼此珍惜，故以记之。

岁自丁卯到山城，求知向学结情缘。歌乐山上祭英烈，嘉陵江边篝火燃。棋牌娱乐分高下，绿茵场上谁争先。荏苒时光快似箭，转眼学业已圆满。含泪分别踏征程，报效祖国三十年。而今大理得相会，唏嘘寒暄话当前。工作生活细细谈，化作甘霖润心田。岁月沧桑容颜老，一片真情永不变。相见时难别亦难，山回路转君不见。苍山洱海共见证，深厚情谊到永远。

（2017-05-07）

锦公墓寻访记

按：2017年5月21日，锦股理事会总顾问祥根、会长金根等一行到油坝洪湖村寻访锦公墓。在铨股越明老人的指引下，终于寻访成功。

锦公丘垄何处寻？按图索骥洪湖村。耄耋宗亲来指引，万家园前清明墩。举目四望不见坟，麦畦稻田没祖茔。裔孙心头隐隐痛，似闻先祖啜泣声。岁月沧桑几经年，历历往事如云烟。新旧替，失遗迹，先祖无处得祭奠。木有本，水有源，编谱建祠瓜瓞绵。修复祖墓心方安，尊祖敬宗代代传。

(2017-05-21)

怀念构件

曾经预制十八春，管片看台情最真。花谢花开平常事，而今新人换旧人。

（2017-05-19）

期待国庆时野中再相会

野中一别三十载，海北天南大舞台。常记师长谆谆语，每思同窗郁郁才。潜河水清消夏暑，后园竹翠梵音来。石牛洞边赏碑刻，万岁山上寻祭台。春风化雨涤心尘，破茧成蝶梦已真。中流砥柱担重任，爱国爱家见真心。感叹时光匆匆过，人生能有几度春。秋高气爽再相聚，历尽沧桑情更深。

(2017-06-25)

看人生

多少希望多少空，多少浮尘多少梦。多少红颜多少恨，多少风雨多少虹。

（2017-08-01）

赠同桌

千年万载才相识，一笑一颦入梦魂。犹记当年初见面，紫衣绵绵白罗裙。满腔标准普通话，似是明星似女神。炼句作文裁锦绣，哼哈英语受苦辛。课间窃窃相私语，桂馥兰馨沁郁芬。只恨垂髫不更事，花落花开两不闻。离校经年忆往昔，韶华一去几多尘。红笺寄语香犹在，不见伊人写旧人。秋风秋雨秋萧瑟，伤冬伤夏更伤春。巍巍天柱青云志，渺渺潜河四海心。红颜知己最可爱，风光如画只为君。

(2017-12-26)

玉人夜思

清辉幽冷透纱窗，瘦影孤灯独怆凉。寂坐琴台弹一曲，知音挚友在何方？曾经携手皖山下，靓女英男酿蜜糖。皎洁月圆盟海誓，缤纷花艳赏孤芳。野中一别无音信，俗事凡尘两渺茫。虽是青葱成往昔，依然珠玉韵幽长。婵娟今夜载歌舞，光照故乡照异乡。蘸尽潜河千万字，难书玉女梦魂殇。红楼一曲世间闻，半是虚空半是真。宝黛情缘天注定，情仇爱恨怎由人？

（2017-11-16）

记鹏飞回乡祭祖父

按：根据鹏飞提供的文字资料整理而成。

少小离乡二十载，魂梦无日不思归。打点行囊回乡去，爱妻相伴儿相随。村里儿童不识我，我却识得老者谁。贺公昔日最惆怅，我比贺公更伤悲。荏苒时光岁月长，重回故土倍凄凉。小路弯弯生杂草，循路又见小学堂。不闻上课铃声响，不见当年读书郎。物是人非景依旧，幽幽往事梦魂殇。石墙青瓦祖宅前，寂寂无人泪涟涟。壁内小鸟享欢乐，房下蜘蛛自悠闲。昔日金河成小路，当年菜地变荒园。祖父离世整三载，亲朋回乡来祭奠。宝马香车皆齐备，金条元宝已臻善。家人族亲与朋友，多年不见今团圆。为叙深情千杯少，未及三杯醉已酣。聚少离多情意稠，山长水远恨难收。此时此地一为别，何月何年解乡愁？回转祖宅三叩首，故土乡情记心头。闯荡江湖到帝都，奋发向上写春秋。励志投资回故里，须将祖宅来复修。待我鬓发苍苍日，便是告老还乡时。此行唏嘘多感慨，特撰此文以记之。

注：金河，祖宅西面的一条小河。

(2018-05-06)

11

梦回望货尖

按：安徽省5A级旅游风景区天柱山，东边不远处的源潭镇，传说远古时期是一片汪洋，就是古"西海"。西海东岸，有一高地，名曰"望货尖"。我家世居望货尖。

夜来幽梦回故里，光怪陆离景物鲜。幻境缥缈几千载，五岳三山一瞬间。足踏祥云穷碧落，西海清波到眼前。云影摇曳鸣一鹤，水光潋滟舞千帆。茫茫雾雨不知处，渺渺时空莫问天。遥见一山临峭绝，翠微乱叠锁云烟。中间绰约金门现，笔走龙蛇望货尖。客贾至此凭栏眺，极目汪洋到天边。得见商船眉眼笑，难寻帆影心胆寒。忽然一声地崩裂，山神心喜龙王怨。万顷碧波皆不见，群峦环拱竞绵延。山上百花山下稻，阡陌交通万亩连。春插青秧秋收谷，沧海早已变桑田。夜半梦醒细细品，思前想后未成眠。先祖卜占居此地，斩荆辟棘建家园。门前风戏池塘柳，屋后蝶翔山岭兰。燕舞莺歌春满树，花香月色梦一帘。卧吟耕种自得乐，坐唱诗书不为闲。三朝山水情依旧，九代风光意畅然。岁月频添离别恨，何日再回望货尖？

(2018-10-20)

京城不下雪

按：初四回到北京，想起故乡美丽的雪景，有感而发。

京城冬日无飞雪，雪恋梅花下江南。梅遇大雪更娇艳，雪吟梅韵千里寒。

注：写完这首诗，第二天就下雪了。

(2019-02-09)

无题（三首）

（一）

世人皆知钱财好，义利两关须分晓。损人益己费心机，一生灾祸少不了。

（二）

世人皆知美色好，抛家弃子采花草。片刻欢娱喜心头，终身悔恨少不了。

（三）

世人皆知功名好，婢膝奴颜送怀抱。胸无实学与真才，为人齿冷少不了。

（2019-09-21）

神奇的数字

按：142857×1＝142857，142857×2＝285714，142857×3＝428571，142857×4＝571428，142857×5＝714285，142857×6＝857142，142857×7＝999999。

一周之内自循环，七日圆功即长久。变化无穷天下奇，临屏试问谁参透？

（2019-09-24）

无题

胸藏绮梦傲苍穹，脚踏浮云攀月宫。海市蜃楼堪美景，尽在虚无缥缈中。

(2020-09-02)

生与死

生生死死有谁知？漠漠红尘谁愿思？生我之前谁是我？我生之后我是谁？

(2021-06-15)

四、杂言古诗

听黄将军演讲有感

阳春二月论环保，联盟精英领风骚。论环保，谈废弃重生，减排降耗。富国强军中国梦，青山绿水环境融。中国梦，看蓝天白云，神州大同。

（2016-03-20）

为夫人记录梦境

夜闻啼哭声，惊醒梦中人。问君何故最伤神，魂游太虚见母亲。朝朝暮暮天伦乐，忽然一日杳容音。心中生悲切，泪水湿枕巾。软语细温存，略慰思母心。便再过几日，寒衣送先人。

（2016-10-21）

记京城今日雾霾

山朦胧，水朦胧，疑似仙境中。车朦胧，人朦胧，路旁赏雾凇。楼朦胧，树朦胧，无处辨西东。情朦胧，意朦胧，何日见晴空？

（2017-01-03）

秋风怨

秋风怨，春光无限，不相见。千山绿柳翠梨桃，唯有霜枫片片倾心恋。佳人愿，风流才子，神仙眷。青春豆蔻艳群芳，无奈凡尘滚滚终虚幻。

(2017-10-21)

南窑古村落

群峰拥一窑，昔时负盛名。此地有雅号，西山小北京。洪武初定鼎，冀鲁少人行。移民大槐树，未几势均衡。各卜安身地，不计远近程。

房山之北麓，地势缓而平。绿水门前绕，黄莺屋后鸣。春花催客醉，秋月令人醒。风景绝佳处，祥瑞负钟灵。往来居者众，村落自然成。开荒屋和路，造田耘与耕。阡陌共交错，犬鸡相应声。年年又岁岁，怡然民乐生。

浮云观世事，流水度光阴。转眼清光绪，山中现乌金。商贾如云集，驴驼结队行。九流三教盛，百业千行兴。东市羊肉嫩，西街豆腐香。南屋米粮店，北间金银庄。孟家膏药铺，张记果子房。才闻伶人传雅韵，又听铁锤奏乐章；油盐酱醋微利店，锅碗瓢盆小炉堂。佛道诵经明众惑，儒医把脉有良方。传承经典灯笼会，纳福迎新炮仗翔。房檐花红草绿，影壁画美词彰。赌馆烟云变幻，红楼丝竹悠扬。好一派兴隆景象，好一曲韵味幽长！道不完村落荣华岁月，说不尽长街盛世风光！

叹南窑：历经风雨七百载，物是人非尘满窗。昔日古槐生慨叹，今朝老铺自忧伤。院中杂草年年翠，墙上残痕岁岁长。惆怅繁华成逝水，空留遗迹伴凄凉。

注：南窑古村落位于北京市房山区南窑乡。

(2019-10-23)

五、五言绝句

秋

昨夜秋风起，烟云飞满楼。
怅然蒙睡意，一梦到舒州。

（2016-09-08）

赞儿子版画作品《白鹭》

月下江如镜，鸶禽无所依。
心头悲复喜，有伴共双飞。

（2017-01-14）

桂花

开门闻异香，疑是女红妆。
不见佳人面，山前桂斗芳。

(2017-10-02)

散步偶得

郁郁林深处，幽幽仙乐闻。
余音轻入梦，花雨落纷纷。

(2018-05-17)

人大附中毕业典礼

红白绘华章，青春在启航。
感恩师长育，梦想正飞扬。

（2018-06-22）

张菊红同学来京

西北玉人来，京城雨雾开。
青春依旧在，美酒释心怀。

（2018-07-15）

春与秋

北国风尘老，江南泽润芳。
长空飞雁叫，岁岁伴凄凉。

（2019-02-10）

偶吃柳芽有感

春日柳芽鲜，香盈唇齿边。
频留解忧处，谗意过狼贪。

（2019-04-06）

老山夜色

（新韵）

今夜月如钩，银辉照九州。
山花献清露，一饮解千忧。

（2019-05-11）

雨过天晴

风雨洗尘纱，山花灿若霞。
登高逐云影，极目望天涯。

（2019-10-05）

小舟

隐约一扁舟，云深天际游。
远山横翠黛，江水自悠悠。

（2019-11-01）

深秋之枫叶

寒风何足惧，不必自凄凉。
添彩人间色，余生亦炜煌。

（2019-11-04）

无题

倦路灯光冷，寒风恣意吹。
不知夜行客，心事诉与谁。

（2019-11-27）

春日吟（三首）

（一）感谢小年送来家乡时蔬

小年持赠我，花叶趁新尝。
细品其中味，幽幽泪几行。

（2020-03-09）

（二）家乡油菜花

南国春来早，芸薹铺锦黄。
清香飘万里，住进我心房。

（2020-03-09）

（三）春之怨

惆怅东风怨，徒然织彩裳。
问君何所事，辜负好春光。

（2020-03-09）

赞徐艺宁诗词

笔底起春风，花开朵朵红。
清香溶玉色，疑是在瑶宫。

注：徐艺宁，山东诸城人，中华诗词学会会员，中国楹联学会会员。

（2020-03-11）

安庆春色

春风织彩虹，花海浪千重。
美景临屏看，香浓愁更浓。

（摄影 / 东西均）

（2020-03-11）

心

江海有扁舟，逍遥水上游。
浪花开几朵，不染世间忧。

（2020-03-14）

枯木逢春

枝上花苞绽，幽香送客人。
东风吹大地，枯树又逢春。

注：照片摄于海淀北坞公园。

（2020-04-19）

秋虫

时节临霜降，吟声渐已稀。
冬来无绚彩，酣睡待春归。

（2020-10-23）

深秋观山景有感（三首）

（一）
时来花灿烂，时去叶焦黄。
天地玄机妙，荣枯自有常。

（二）
运来花共锦，运去雪逢霜。
心若识机变，冬温而夏凉。

（三）
四时皆有景，五运伴贞祥。
愁绪难相扰，人生寿且昌。

（2020-11-02）

夜月

今夜圆圆月，关怀两地情。
他乡生别恨，故里盼归程。

（2021-01-29）

虎头山

假日无余事，逍遥山里行。
回头惊见虎，俯瞰北京城。

注：虎头山位于北京石景山区八大处公园南面。

（2021-02-18）

回乡（两首）

（一）

残灯正昏暗，五鼓夜风凉。

明月来相伴，欣然回故乡。

（二）

一程兼一程，天雨复天晴。

只为清明日，香烟绕祖茔。

（2021-04-03）

清明烈士陵园遇雨

浩气永长存，殁身名不灭。

天公亦感伤，垂泪怀英烈。

（2021-04-09）

京城夏夜

相期故乡月，来照我心田。

一枕江南梦，梦中人未眠。

（2021-06-12）

六、五言律诗

飘思

独坐飘思绪，峰峦极目穷。
露消文柏翠，日落晚霞红。
春色迷烟柳，秋声乱草虫。
山中无岁月，高卧听松风。

（2017-12-24）

盛夏有感

烈日当空照，蝉虫凄厉叫。
老君炉侧翻，凡世火中烤。
挥汗雨涔涔，扇摇风燎燎。
阴凉无处寻，切盼秋来到。

（2018-08-03）

清明祭扫

时光如电掣，又是清明节。
冢上草如茵，坟头花似血。
纸钱灰远扬，儿女心悲切。
纵有万千言，阴阳两相隔。

（2019-04-04）

四岁的赵壮壮

邻家有小儿，淘气又顽皮。
无路真能闯，带车偏不骑。
弹琴非奏乐，敲子算行棋。
寄望经年后，还来共笑嬉。

（2019-05-31）

答中新先生对联

世间多美好，何必起长嗟。
往事随风露，诗舟泛海涯。
寒冬赏飞雪，炎夏品香茶，
天地宽无际，闲云映晚霞。

（2019-06-08）

赠老同事何道儒先生

庭院幽而静，园蔬嫩又鲜。
枝头闻鸟语，架上赏花妍。
云淡名和利，风轻月与年。
一心如意事，日日踏青山。

(2019-06-26)

奇思妙想

静思生妙境，自顾意殊深。
鼻息通天地，眸光观古今。
胸怀三界苦，耳听九重音。
非是因禅定，常兴日月心。

(2019-07-12)

北坞有田园

赋闲游北坞，惊诧见禾田。
松竹邻左右，水山环后前。
沟渠深浅直，阡陌纵横连。
车马无喧闹，鹊莺声润圆。
尘心临此景，物我两悠然。

注：北坞公园位于北京市玉泉山下的海淀区四季青镇，坐落在玉泉山脚下，临近颐和园西门。

(2020-01-05)

秋雨

云影连天暗，雷光照地明。

风过起寒意，雨落响秋声。

峰岭添悲色，花枝感别情。

且将愁绪理，兑酒悟人生。

（2020-09-27）

枫叶

瑟瑟寒流劲，年华与岁穷。

此生无建树，一死尽成空。

也学霞飞彩，且将身染红。

人间增绚丽，不悔落秋风。

（2020-10-05）

蟾宫迎客

那日飞天后，离乡几万年。

红尘音不达，清境恨绵延。

忽报人间使，来看月里仙。

同酣桂花酒，共舞起翩翩。

（2020-11-25）

贺中华诗词学会五代会召开兼和马凯先生

登峰以高咏，文苑振金声。

红日千秋梦，清风万里情。

松涛歌不断，竹径韵牵萦。

放眼神州望，雄鸡昂首鸣。

（2020-11-28）

马凯先生原玉：翘首好诗兼贺中华诗词学会五代会召开

时代风云事，人间爱恨声。

罗胸生意境，信笔涌真情。

气畅清泉落，弦谐雅瑟萦。

齿香别有味，心动自和鸣。

玉兔回故乡

寂寂广寒宫，终年谁与同。

举杯原是幻，放盏又成空。

今夕人间返，明朝画里逢。

秋云芝草绿，春雨杏花红。

（2020-12-19）

贺凤鸣常乐之《清音黄梅》演出圆满成功

花放满京城，梨园绝妙声。

啭喉珠婉转，玉韵水澄清。

烟雨黄梅调，春风乡梓情。

非遗再光大，经典咏传承。

(2021-03-22)

七、七言绝句

途经贵阳

按：今日到达贵阳。这里，下着毛毛细雨，不禁感到阵阵凉意。忽然想起同学的车正在出站口等我，瞬间一股暖流涌上心头。感谢唐华同学及先生的热情款待。

细雨蒙蒙到贵阳，寒风阵阵透心凉。
忽然得见同窗面，春日迟迟照华堂。

（2017-01-31）

赞刘老先生

桃红竹翠漫江明，细雨春风草木荣。
玩水赏花心不老，赋诗拍照寄真情。

（2017-04-27）

端午节

竞渡龙舟临正阳，雄黄酒烈艾兰香。
忠君爱国传千古，屈子英名日月长。

（2017-05-23）

初秋之夜

山野轻风拂面来，浮云伴月意徘徊。
草窠蛉蟀弹新曲，紫陌纤尘不入怀。

（2017-08-08）

七夕节

岁岁今时喜鹊忙，适逢织女会牛郎。
千年万载情真切，羡煞人间美赛娘。

（2017-08-28）

赞秋风

半似轻纱半似烟，河山寂寂失娇妍。
忽然一夜秋风起，无限春光在眼前。

（2017-09-17）

今日降温有感

风吹柳叶舞翩跹，雨打浮萍起冷烟。
转瞬炎天成过往，春秋易逝莫悠闲。

（2017-09-26）

山里人家

叠嶂重峦无畔涯，苍松翠柏掩农家。
勤耕细作何其乐，曲赋诗词玉映沙。

(2017-10-14)

记全海送父亲回国（两首）

（一）

感叹时光快似梭，依依聚散奈之何。
行装打点心机密，思绪厘清若乱禾。

（二）

慈父人前徐步走，儿孙背后泪婆娑。
诚祈阿伯身强健，百岁之年驾玉珂。

(2017-10-20)

无题

谁言红豆生南国？屋后枝藤感慨多。
虽值严寒仍艳色，相思冰冻奈之何？

(2017-11-25)

步韵汪凯宗亲《题思远亭》

思远慎终遵圣贤，踏荒寻道总凄然。
石亭一立心情畅，敬祖尊宗世代传。

(2017-12-05)

汪凯宗亲原玉：《题思远亭》

思远亭前族裔贤，后来居上是当然。
枝繁叶茂根须密，子孝孙贤代代传。

注：思远亭，是天柱汪氏一本堂九房为金锦公以下七代建立的石亭，供祭祀之用，警示后代莫忘先祖，思念根源！

无题

风吹稻海泛金波，荡漾涟漪映柳娑。
秋色万千生雅意，佳人回首向天歌。

(2017-12-08)

赞叶画《秋日垂钓》

绵绵秋色染丹枫，蓑笠垂纶碧水中。
落叶枯枝传妙意，万花世界独飞红。

(2017-12-16)

朦胧今日

灯芒四散楼无影，前度灰郎今又来。
切盼风神临日下，娇妍岁月远尘埃。

（2017-12-30）

酒

一两春风二两诗，三杯过后意迟迟。
朦胧醉眼观天下，唯见红颜为己痴。

（2018-02-28）

夏荷滴翠到京城（两首）

（一）

夏荷滴翠到京城，泥路弯弯伴我行。
二十年前文小伙，而今已是鬓霜生。

（二）

夏荷滴翠到京城，梦想幽幽伴我行。
多少痴心多少恨，几回风雨几回晴。

（2018-03-06）

叹沉迷网游

二八儿郎入网魔，千金一掷又如何？
九天倾覆因私欲，溺爱姑容悔恨多！

(2018-03-13)

迟到的雪

寒冬腊月正梳妆，春暖花开始见郎。
洒洒飘飘融蜜意，凡尘洗尽更芬芳。

(2018-03-17)

万亩梨园

河畔梨园花似海，林间小径客如潮。
东风吹落纷纷雪，袅袅清香处处飘。

注：万亩梨园位于大兴区庞各庄镇。

(2018-04-16)

两小赏春

满园春色碧空晴，两小姗姗觅玉英。

日暖风和草娇媚，徜徉美景忘归程。

（摄影 / 王海英）

（2018-04-19）

江边踏春

碧波荡漾满江春，岸上青青草似茵。

三五孩童嬉耍乐，天真烂漫笑声频。

（2018-04-19）

理发

寒冬长发掩深愁，春暖花开恨不休。

一剪青丝消夏暑，无忧无虑待金秋。

（2018-06-04）

夏日狂风暴雨

滚滚乌云压满楼，醺醺杨柳乱摇头。
雷公高唱激情曲，雨伯嗖嗖消火流。

（2018-06-13）

巾帼抗洪

按：同学王亚蓉参与抗洪抢险有感。

倾盆大雨毁交通，巾帼英雄抢险中。
困苦艰难浑不怕，威威豪气傲苍穹。

（2018-06-29）

荷塘

风送荷花阵阵香，红鲜翠碧满陂塘。
水中杨柳翩翩舞，夹岸游人竞徜徉。

（2018-07-07）

武大军训

操场即是演兵场，戴月披星军训忙。
练就铁肩担道义，前程筑梦志如钢。

（2018-09-08）

秋

秋风有意染芸黄，秋雨无心透晚凉。

秋月清辉多寂寞，秋云作伴可还乡。

(2018-09-18)

国庆节吊水

白衣天使笑吟吟，救死扶伤送福音。

虽说金秋风景好，温柔最是暖人心。

(2018-10-01)

莲石湖散步

苍生易老天难老，风月无愁水有愁。

万里晴空山寂静，幽幽湖面起纤柔。

(2018-10-03)

初读《真如诗词》有感

春秋七六梦依稀，锦绣文章藏万机。

快意人生吟雅韵，诗心词境满琼玖。

(2018-10-11)

舞彩浅山

舞彩浅山秋色浓，青松点翠冷枫红。
繁华闹市多烦恼，乡野禅心有几重？

(2018-10-21)

题聂严回云岗秋色照片

寒风瑟瑟染枫红，北国河山秋意融。
落叶翩翩织云锦，冬化雪泥春建功。

(2018-10-27)

红叶

寒流提笔染枫红，江北江南织锦中。
但得彩云携岁月，心如潭水静无风。

(2018-11-05)

秋染栀林

知时识节换行装，夏日青青秋色黄。
若是人心如此境，白云飘处满天香。

(2018-11-06)

立冬

三山五岳朔风吹，暑往寒来夜露垂。

春赏百花秋赏月，冬飘白雪定开眉。

（2018-11-07）

和汪中学《光棍节有感》

人生百态是炎凉，何必忧愁何必伤。

春赏百花秋赏月，临冬再赏雪和霜。

（2018-11-11）

汪中学原玉：《光棍节有感》

一生孤苦倍凄凉，冷被深宵暗自伤。

但见商家频炒作，心中滴血又添霜。

时光飞逝（两首）

按：游延庆野鸭湖湿地公园有感。

（一）

燕北寒风卷地愁，田茅蒹苇恨难休。

春光昨日方明媚，今夜谁知已白头。

（二）

朔风瑟瑟最无情，荒野周闻呜咽声。

绿水碎心千道皱，蒹葭空恋误终生。

（2018-11-19）

和米兰诗（两首）

（一）

泉涌才思流不枯，联珠妙句此间无。

越洋跨海传佳作，竟夜诗情满玉壶。

（二）

远隔重洋雁信无，望穿秋水几伤枯。

北风有意寒云驾，遥寄相思酒满壶。

（2018-11-23）

米兰原作

万里霜天百草枯，北风呜咽鸟踪无。

烟波望断音书杳，且共孤山酒一壶。

赞中流乡村大舞台演唱

（新韵）

天际飞鸿送远音，又闻乡韵泪沾巾。

歌喉婉转如珠玉，一曲黄梅月照人。

围棋

按：为儿子参加湖北省大学生围棋锦标赛而作。

散漫烽烟起战争，排兵布阵互攻城。
纹枰论道无穷乐，窥透阴阳悟此生。

（2018-12-04）

和孔良先生《读好文　荐佳友》

无常常有谓寻常，富莫宣骄名莫狂。
秋月春风等闲度，释然一笑是非场。

（2019-01-17）

孔良先生原玉：《读好文　荐嘉友》

世事无常即是常，轻狂堪羡莫张狂。
浮生有限知安享，切勿欺人勿自戕。

和尚百雨先生《思》

时光荏苒又新年，往事前尘未得闲。
且待严冬寒气过，春风拂面自开颜。

（2019-01-20）

尚先生原玉：《思》

日夜兼程又一年，忙里无暇去偷闲。

纵有千万困苦事，会当旧貌换新颜。

春节回故乡（三首）

按：腊月二十八，开车回老家。路上无事，口占三首。

（一）

归心似箭故乡行，辗转难眠待日明。

夜半金鸡才唱晓，披星戴月即登程。

（二）

辞旧迎新不了情，归心似箭故乡行。

经年累月离愁怨，化作云鸿三两声。

（三）

风驰电掣出燕京，山一程来水一程。

滚滚车流向南涌，归心似箭故乡行。

（2019-02-02）

山中美景

按：开车行至岳西，见天上乌云渐散，阳光从云缝里透出来，光芒四射，十分壮观。

翠竹摇风动客情，登云拔岭望归程。

天公为我开颜笑，万丈光芒接地迎。

(2019-02-02)

徐老师和诗

归心似箭故乡情，团聚不辞万里程。

一片赤诚为手足，光辉路上阖家迎。

游源潭红旗水库

峰峦叠嶂出平湖，荡漾澄波境象殊。

龙府螺仙贪美景，化身翠岛赏欢娱。

注：红旗水库位于源潭镇源潭村，库中有一岛，名曰螺蛳岛。

(2019-02-09)

练习两首（雪中红颜）

（一）

三春相约赏花游，独坐红妆日日愁。

不见情郎来赴会，空余眷恋望银钩。

（二）

荏苒时光几度秋，忠贞不二爱情柔。
任他明月西厢下，哪管雪花飘满头。

（2019-02-12）

赠张粉芹

张灯结彩过新年，粉墨丹青画一篇。
芹意且随微信去，好期日后醉樽前。

（2019-02-12）

元宵节

江南细雨自缤纷，梦绕长安山下村。
欢度元宵寒意恼，几杯美酒醉春温。

（2019-02-19）

过元宵

银花火树度良宵，丹凤呈祥瑞气飘。
锣鼓咚咚远山响，游人如织汇春潮。

（2019-02-20）

看图练习（玉兰花）

素裹银装不染尘，分明姑射好丰神。

融融旭日难消雪，阵阵清香醉煞人。

（摄影 / 风住尘香）

（2019-03-04）

皖南春色惹人醉（两首）

（一）

皖南春色惹人醉，潋滟黄花新柳翠。

翘首村姑痴幻中，嫣然一笑山川媚。

（二）

村罩云烟松自翠，皖南春色惹人醉。

娇黄新绿彩云中，水转澄鲜山转媚。

（2019-03-16）

安徽农大白玉兰

润玉堆银雪有香，神姑素面舞霓裳。
人间春色醇如酒，醉入瑶台云水乡。

（2019-03-19）

题六尺巷

吴张争执只因墙，四句批诗意蕴长。
权贵亲民民感戴，尚书懿德永流芳。

（2019-03-22）

雪恋春（两首）

（一）

野杏花开月自羞，三千神女尽回眸。
钟情珂雪曾相抱，不负君心共白头。

（二）

阳春三月似寒冬，缘起连君恋玉龙。
得见璇花如醉舞，开怀拥抱爱情浓。

注：连君，这里指连翘花。

（2019-04-09）

题图习作两首（海棠花）

（一）

雨打海棠花失妍，泪珠滴滴落阶前。
朱颜如玉心悲苦，别绪离愁梦未圆。

（二）

雨润海棠花更妍，珍珠颗颗挂胸前。
朱颜如玉红裙舞，妩媚娇柔月正圆。

（摄影 / 程程）

（2019-04-09）

无题

沉沉一觉梦蹉跎，斗转星移慨叹多。
昔日园中春色满，今朝只听水云歌。

（2019-04-14）

红牡丹

雍容绝艳冠群芳，蕊绽黄金红玉房。
微信美图今始见，门庭夜半绕天香。

（2019-04-23）

后海

残红退去柳丝长，漫步湖边沐艳阳。
垢面尘心皆洗尽，风光如画赛兰汤。

（2019-05-01）

北京入夏

暖风习习敞芦菲，油菜花稀草始肥。
误入山间幽静处，胡杨树下雪纷飞。

（2019-05-06）

YJY 菜园

荒草萋萋长满园，黄花欲语却无言。
几棵野果枝头挂，涩涩酸酸何日甜？

（2019-05-12）

步韵可儿《赴母亲节的特别宴请》

俏丽千金如意郎，同营爱屋共奔忙。
敬亲尊老人夸赞，四季春风入画堂。

(2019-05-13)

可儿原玉：《赴母亲节的特别宴请》

张姓娇娃李氏郎，厨房出入好繁忙。
谁言得宠毋谙事？美食鲜花敬北堂。

出差广州

匆匆南下广州城，一路清寥伴我行。
心愿得闲停武汉，盘桓几日再登程。

(2019-05-20)

下浒山水库

叠翠飘红入画图，群峰环抱浒山湖。
甘泉清冽苍生乐，绝胜烟波天上无。

(2019-06-02)

偶得

花谢花开春复春，金秋叶落最愁人。
壶中岁月无冬夏，飞雪荷香味正醇。

（2019-06-11）

夏夜随笔

山光西落晚霞红，满树萧萧起夜风。
忽听密林新奏曲，清凉境界乐无穷。

（2019-06-20）

闭目静思

一轮红日驻心头，万道霞光入眼眸。
山海涛涛临耳畔，白云缈缈隐重楼。

（2019-06-30）

医院

咫尺之间聚众生，忧愁苦痛是常情。
馋贪无度膏肓病，妙手神医救不成。

（2019-07-03）

京城火烤中

回龙观里炎兵舞，石景山前热浪腾。
何日得逢罗刹女，一挥宝扇沁凉兴。

注：今日回龙观气温高达 42.9℃。

(2019-07-04)

祝夫人生日快乐

（新韵）

百艳千花一点红，情殷深处酒兴浓。
京城岁月频回首，别样人生日日虹。

(2019-07-23)

山林漫步偶感

林间鲜叶催陈叶，世上新人换旧人。
草长花荣知几度，莫将岁月付闲身。

(2019-07-27)

炎夏

马路端然铁板烧，山间小树半干焦。
未行三步汗如雨，摘叶梧桐当扇摇。

(2019-07-27)

贺南花、菊红同学延安巧遇

延安圣地巧相逢，姐妹情深笑靥浓。
三十二年弹指过，红花依旧驻芳容。

(2019-07-30)

偶题

乾坤无际任遨游，何处是忧何处愁？
利禄功名身外事，潇潇洒洒自风流。

(2019-07-31)

昨夜大雨

昨宵好雨送清凉，习习清风入客堂。
盛夏炎炎无几日，天容云影动秋光。

(2019-08-05)

可鲁克湖

碧波荡漾水如天，山色云光倩影连。
胜境无涯出何处？瑶池美景落人间。

(2019-08-05)

荒漠

茫茫大漠少人烟，寂寂沙丘境外天。
兔走乌飞不知岁，孤心游弋白云间。

(2019-08-05)

赞伯夷叔齐

商有滦州孤竹国，夷齐互让耻周行。
采薇高咏歌虞夏，万代清风传圣名。

(2019-08-19)

秋雨

霏霏细雨洗心房，躁动渐消愉悦长。
境转意随多自在，人生何处有炎凉？

(2019-09-09)

参加中一老先生生日宴会有感

今宵不用写乡愁，乡韵乡音飞满楼。
抬眼凝望窗外月，清辉爽气贯神州。

(2019-09-11)

生日晚宴

两荤两素两杯酒，真意真心真性情。
五十一年风雨后，晴空朗朗月华明。

(2019-09-19)

仲秋之黄昏

长空朵朵白云花，荡荡飘飘向海涯。
日夕登峰倚栏眺，千重秋翠映红霞。

(2019-09-25)

心态

忧愁烦恼任风飘，天道依从百病消。
知足开心身体健，不悲不怒自逍遥。

(2019-10-18)

季秋之风

秋风提笔染红黄，千树山头着彩裳。
纤手轻摇齐作舞，娇柔曼妙醉人肠。

(2019-10-24)

有感于某些行业"专家"

无心一线搞研究，不肯田间做老牛。
最善吹竽滥充数，略施金粉上名流。

(2019-10-31)

深秋之枫叶

半生坎坷历炎寒，日暮漫山如染丹。
莫道秋风总萧索，晚霞红叶激情燃。

(2019-11-04)

西山美景

按：应夫人之命，为此照片而作。

红枫似火照佳人，如画如诗景色新。
莫道春来花妩媚，秋花盛放傲青春！

（供图/燕儿飞飞）

(2019-11-05)

今日立冬

天道循环春复冬，寒风瑟瑟鸟无踪。
且看疏影香凝雪，何必愁眉蹙两峰？

（2019-11-07）

落叶

枝上稀疏地上稠，离情别绪涌心头。
可怜多少他乡客，叶落之时念故丘。

（2019-11-08）

北师大看风景

莲步轻移银杏林，柔黄片片是知音。
陶然沉醉金秋日，一任缤纷落满襟。

（2019-11-12）

今日大风降温

日下风号卷怒尘，枯枝似箭易伤人。
我家鬓发萧萧客，忍顾严寒又出门。

(2019-11-13)

江南行

按：南下苏州参加第六届全国建筑材料测试技术交流会。

江南冬日似阳春，满目烟波沈醉人。
软语吴侬空入梦，清辉遍洒满乾坤。

(2019-11-19)

大会开幕

今日姑苏逢盛会，八方才俊显精神。
诸君台上风云起，似我悠然有几人。

(2019-11-20)

追和仓央嘉措《不负如来不负卿》

多情未必损修行，聚散随缘筑梵城。
了却红尘再回首，亦无经卷亦无卿。

(2019-11-20)

不负如来不负卿

仓央嘉措

曾虑多情损梵行，入山又恐别倾城。
世间安得双全法，不负如来不负卿。

12月7日金色祥云

彩霞千缕映长空，云海蒸腾盘巨龙。
国泰民安兆祥瑞，东方崛起最高峰！

(2019-12-07)

无题

红尘万象乱纷纷，逐利追名惯策勋。
镀得皮囊光灿灿，自将泥塑作真身。

(2019-12-09)

贺"安庆诗词"微信公众号创刊

微刊创办聚诗家，故地宜城四望花。
馥郁芬芳传万里，清词雅韵遍天涯。

(2019-12-13)

雪

晨起彤云布满空，六花漫漫舞玲珑。
遥闻青女七弦乐，定主来年禾谷丰。

（2019-12-16）

高铁

银龙迅疾似驰烟，万里迢迢咫尺间。
软语吴侬音未落，此身已过太行山。

（2019-12-30）

题照敬亭山

奇峰千仞云天外，环拱冈峦翠万重。
洗尽风尘何所有，山巅傲立后凋松。

（2019-12-31）

卧佛寺蜡梅

枝头朵朵正娇黄，山寺寒风送暗香。
昨夜六花铺满地，今朝郁郁更芬芳。

（2020-01-05）

2020 年第一场雪

仙女纷纷竞散花，银装素裹满天涯。

昨宵籁籁鸣窗外，却是玉人来我家。

（2020-01-05）

赠杨先生（两首）

按：杨先生发来五言长诗，读后颇有感受。原诗感叹时光流逝，很多事情还想继续，无奈岁月不饶人啊。得拙诗两首，却不知发哪首给他。

（一）

一杯浊酒醉床前，银发人无再少年。

名就功成身且退，吟花赏月赛诗仙。

（二）

三杯美酒赋长篇，妙笔文思似涌泉。

虽是雪霜侵两鬓，壮心不已志弥坚。

（2020-01-07）

赞中一先生兼和《贺宗祠封顶》

耄耋之年犹挂念，血浓于水赤心存。

当年踏遍三秦地，多少宗支归本根。

（2020-01-07）

中一先生原玉：《贺宗祠封顶》

网文传颂祠封顶，喜读再三谢族亲。
遗憾未能亲赴会，唯希修谱共寻根。

韵和碧霄《赞白云飘飘》

寂寂清辉照玉堂，纤纤素手写华章。
今宵魂梦归何处，阆苑瑶台岁月长。

（2020-01-12）

碧霄原玉：《赞白云飘飘》

潇潇洒洒上厅堂，煎炒炸烹厨下忙，
术业专攻砼制品，闲暇时刻赋诗章。

插秧时节

花开朵朵映山红，布谷声声唱九农。
白水青秧入图画，秋成之日贺年丰。

（2020-01-09）

京城小年

大街小巷挂灯笼，户户家家年味浓。
浊酒一杯辞旧我，人间无处不春风。

(2020-01-17)

加入北京诗词学会自贺（两首）

（一）

人生五十二春秋，虚度光阴事可忧。
且向心田觅诗意，红尘岁月亦风流。

(2020-01-20)

（二）

苍松野草度春秋，花自娇妍水自柔。
但得胸中诗意在，人生何处不风流。

(2020-01-20)

立春

鸭戏池塘水碧澄，梅稍残雪化春情。
晚寒料峭终消歇，日暖风和万物生。

(2020-02-04)

跑步机

防控疫情不出门，狂奔慢步抖精神。
周天运动生机盛，多事之时无事身。

(2020-02-08)

元宵夜

今岁元宵事不同，清辉寞寞伴寒风。
花灯烟火全无影，马路人稀巷陌空。

(2020-02-08)

赞医护工作者

仁术真真医病体，温言款款解愁肠。
冲锋陷阵三军勇，继晷焚膏百战强。

(2020-02-09)

赞国际援助

山川异域诵诗情，万国同风共月明。
雾散云开春又是，嫣红姹紫谢真诚。

(2020-02-13)

昨夜大雨

三街六巷少人行，日日居家避疫情。
入夜对窗听好雨，沙沙沥沥到天明。

（2020-02-14）

入皖韵诗潮群戏和浪花魂与纤云弄巧唱和诗

同洒清词绮梦随，花前月下共齐眉。
佳人才子诗情涌，墨浪惊涛万尺飞。

（2020-02-19）

静思

未判玄黄乃大浑，金光万道入天门。
督任流注纯阳转，何惧邪魔蹈自身。

（2020-02-25）

闲思

久居斗室自修心，未受尘埃半点侵。
夜望星空缀珠玉，凡夫俗子入瑶林。

（2020-02-25）

和徐艺宁《柳下》

阳春白雪雅音徊，隽永由来不可摧。

流水高山多少恨，妍芳岁岁付尘灰。

（2020-02-26）

徐艺宁原玉：《柳下》

谁人柳下久徘徊，渐软纤枝不奈摧。

一种温柔初绕指，十年孤傲溃成灰。

宅女

风和日暖又春归，燕语莺声入帐帏。

往昔郊园百花赏，今朝网络品芳菲。

（2020-02-27）

梅

暗香浮月傲尘沙，散入春风百万家。

玉韵冰姿清彻骨，凌寒御雪度韶华。

注：点赞徐艺宁之"平生不作无聊句，自信胸中有绮梅"。

（2020-02-28）

伽蓝花开

尽日居家避秽尘，无山无水最愁人。
伽蓝知我心中意，朵朵花开别样春。

（2020-02-28）

昨日京城烟雨蒙蒙

料峭东风二月天，茫茫微雨渺如烟。
坐思南国青春日，无限乡愁到眼前。

（2020-03-01）

忽见迎春花开

浅浅娇黄笑满腮，羞羞答答报春来。
昨宵已得东君令，万紫千红次第开。

（2020-03-01）

油菜花

芸苔绽放戴金冠，十里飘香人共欢。
春色无边生锦绣，仁心济世卷中看。

（2020-03-04）

偶题

又见枝头春意闹，花开花落时光老。
蜂情蝶意只怜花，日月清辉总相照。

(2020-03-15)

映山红

枝上催归日日号，冤魂蜀帝恨如潮。
催归啼处花成血，烂漫朱霞映九霄。

(2020-03-17)

玉兰花

玉皇粉笔人间落，绽放云霞惹客吟。
燕舞莺歌疑有妒，纷纷桃李动春心。

(2020-03-24)

庚子珞樱

珞樱如约赴三春，只见东风不见君。
几许流莺添寂寞，乱红飞雪恨纷纷。

(2020-03-28)

赞桑梓情深

双眸粲粲似辰星，飞瀑流泉韵满盈。
雨点春山黛眉入，微微一笑最倾城。

(2020-04-01)

宁波会议感悟

彩霞一抹映重楼，丽日和风江上头。
遥看云帆接天际，金光照水尽东流。

(2020-04-02)

国家哀悼

警笛长鸣动地天，红旗半降祭英贤。
河山万里同悲泣，托寄哀思到九泉。

(2020-04-04)

庚子清明

待消余瘴困笼中，祭奠坟前终落空。
梦里柳丝无限长，北南一线两相通。

(2020-04-02)

门前春色

（新韵）

二月兰花竞骋妍，柳丝翠袅弄嫣然。
隔窗贪看门前景，无限春光照眼帘。

（2020-04-08）

悼张静静

按：支援湖北抗疫护士张静静返回山东隔离结束后心脏骤停去世。

细雨霏霏昨夜行，苍天落泪奠英灵。
严寒历久深春至，花落无声柳色青。

（2020-04-09）

恼人的飞絮

轻絮幽幽飞满楼，无边春色一时休。
明光似火心头起，玉宇澄清荡浊流。

（2020-04-11）

小草

忍过寒冬又是春，荒原翠绿少烟尘。
虽无桃杏花开艳，自有清香赠与人。

（2020-04-13）

感觉已是初夏

雪花飞过絮轻扬，避疫居家日久长。
屋里和风自如意，出门始觉有炎凉。

(2020-04-13)

安居乐业

食甘服美神形健，俗乐居安心意舒。
无欲无知唯朴素，晏然天下尽欢如。

(2020-04-14)

拨乱反正

年年战乱废纲常，灭学嬴秦遂败亡。
汉室中兴修礼制，民安国泰享荣昌。

(2020-04-15)

百废俱兴

谪守巴陵新政绩，千行百业尽兴荣。
登楼远眺怀忧乐，文正华章享盛名。

(2020-04-16)

春耕

枝头布谷正催耕，垄上黄牛和几声。
插遍水田青似染，秋收粒粒济苍生。

(2020-04-25)

伤春

荏苒时光春色暮，红英凋落怅心灵。
曾经繁茂今难再，直教痴人涕泪零。

(2020-05-01)

勤奋

玉兔金乌疾转轮，东升西落照红尘。
千秋万古无停息，天道何曾惧苦辛。

(2020-05-01)

天时

丝丝炎夏露锋芒，骤雨惊风势若狂。
一夜微寒归去后，又需执扇纳清凉。

(2020-05-04)

初夏

密布阴云蔽日晖，清凉之气入心扉。
槐风四起消炎暑，疑是东君不肯归。

(2020-05-06)

有感于某项目

红尘寻觅有缘人，缘灭缘生赖宿因。
幻象欺心难结果，繁花梦尽自沉沦。

(2020-05-10)

散步偶得

幽幽小径倍凄凉，回望荒丘夜渺茫。
欲向孤灯诉心语，孤灯怨我太轻狂。

(2020-05-12)

玉泉山下

绿堤十里静幽幽，塔影天光照碧流。
我执青竿岸边坐，一钩钓尽世间愁。

(2020-05-18)

贺浪花魂先生取得驾照

（新韵）

踏遍寰球不再难，风生足底过千关。

朝霞夜月同幽梦，画意诗情落笔端。

（2020-05-18）

雨后山水

云白天蓝树儿翠，风和日丽江山媚。

殷勤昨夜雨纷纷，洗尽尘埃心欲醉。

（2020-05-23）

人生怎得尽如意（两首）

（一）

人生怎得尽如意？何必贪求名与利！

流水浮云转眼过，诗词韵律真情寄。

（二）

人生怎得尽如意？困苦艰难莫言弃。

天道茫茫守律规，严冬过后临春季。

（2020-05-26）

看今日头条之《千亩栀子花处》有感

栀子花开遍野香，隔屏犹觉醉人肠。

苦寻佳句难如意，空有诗心念故乡。

注：《千亩栀子花处》作者泗四坊方。

（2020-05-27）

垂柳

娇容妩媚柳姑娘，轻束纤腰舞翠裳。

欲借柔风传蜜意，青丝一缕拂腮庞。

（2020-05-31）

"六一"节前见玉东稻田有感（两首）

（一）

潺潺流水绕村旁，山下庄田栽满秧。

三十年来无此景，分明年少旧时光。

77

（二）

故乡风景系晨昏，云绕山冈水绕村。
陌上青秧添旧绪，蓦然回首自销魂。

（2020-06-01）

皓月当空

皎皎当空白玉轮，光华如水涤心尘。
开窗不理无由事，一任清辉洒满身。

（2020-06-06）

世界禁毒日

一见烟麻赛九仙，谁知此境是深渊。
销魂蚀骨身憔悴，凋叶飘摇岁月残。

（2020-06-26）

高考顶替事件

换日偷天恨未休，寒窗十载付东流。
画皮君子当堂坐，山见无颜水见羞。

（2020-06-27）

江南梅雨

梅子熟时烟雨多，跳珠檐下泻天河。
雷公击鼓倾情唱，都是当年乡里歌。

（2020-06-27）

网络时代

山山水水隔千重，客路迢迢愁正浓。
幸有手机联网络，故乡就在视频中。

（2020-06-29）

雨中随感

天地为琴雨作弦，丝丝钧乐润坤乾。
嚣尘聒噪归于静，云水乡中好悟禅。

（2020-07-04）

小暑（两首）

（一）

苍鹰展翅向高空，蟋蟀纳凉墙角中。
白日炎炎如火烤，夜来窗外是温风。

（二）

骄阳似火照当空，千树蝉鸣碧野中。

陌上农夫正耘籽，长天老日静无风。

（2020-07-06）

赞浪花魂先生诗朗诵《颂永定河》

九重霄汉荡金声，动地感天无限情。

风起卢沟涛怒涌，万千狮吼隐雷鸣。

（2020-07-09）

天宫一号飞天

（新韵）

人间使者访天宫，飞越碧霄千万重。

屈子当年三百问，今朝科技显神通。

（2020-07-25）

立秋（两首）

（一）

四时交替分阴阳，节至立秋天转凉。

万物萧萧从此始，多情骚客最愁伤。

（二）

春风送暖育青秧，栽插锄耘陌上忙。
盛夏三千盐汗洒，秋来满畈见金黄。

(2020-08-07)

圆明园之荷花

饮恨冤魂安佑宫，铁蹄肆虐万园空。
当年盗火熊熊处，今日荷花似血红。

(2020-08-16)

荷花

秋风袅袅过莲池，花舞轻妍人尽痴。
多少红尘娇俏女，欲和仙子比芳姿。

(2020-08-16)

也说粮食安全（两首）

（二）

民生国计赖粮安，耕地规模须保全。
自产自供仓廪实，管它灾岁与荒年。

（二）

残羹剩饭太频繁，节约之风应布宣。

十四亿枚禾米粒，卅人可活两千天。

注：1 亿粒大米是 1.67 吨，每人每年吃大米 144 公斤，一亿粒够 11.6 人吃一年，14 亿粒够 162 人吃一年，够 30 人吃 1971 天。

(2020-08-19)

出差四川

巴山蜀水最多情，三十三年魂梦萦。

昨日花香飘万里，悠悠荡荡到京城。

(2020-08-25)

白露

（新韵）

暑气余炎渐退场，金风玉露绘橙黄。

春红夏翠失颜色，满畈唯闻五谷香。

(2020-09-07)

致敬勋章奖章获得者

鏖战新冠挺脊梁，忠诚奉献敢担当。
人民至上功勋著，抗疫精神永颂扬。

(2020-09-08)

防空警报（三首）

（一）

警报声传讨罪情，怨哀凄厉恨难平。
森然无数冤死鬼，控诉东倭施暴行。

（二）

盛世欢歌赞太平，勿忘英烈寄真情。
年年岁岁清明日，祭奠先贤慰众灵。

（三）

相处和谐共向荣，丛林法则失文明。
强军号角春雷响，巨浪东风慑霸凌。

(2020-09-18)

赞保洁员清洁工

乡村城市美容师，艰苦辛劳总不辞。
扫去浮尘献清净，平凡岁月好风姿。

(2020-09-24)

双节同庆

祛除疫毒乾坤秀，扶助村贫山野妍。
四海五湖欣畅盛，千门万户庆团圆。

（2020-09-23）

韵和何瑞霖《街头见闻》

似火青春岂畏寒，朱颜绿鬓怯形单。
江湖风雨凋颜色，花自飘零梅自酸。

（2020-09-30）

何瑞霖原玉：《街头见闻》

时逢秋雨洒轻寒，可叹娇娥衣正单。
望处露腰肌胜雪，惹来浪子眼看酸。

落叶

风露凄凄天渗凉，山头如染菊花黄。
凋零一叶生愁绪，感物思归怀故乡。

（2020-10-09）

赠乔蓉艳同学

瑟瑟秋风霜露寒，心忧阿季正衣单。

寻来毛线通宵织，织就春光共醉欢。

（2020-10-12）

北坞公园京西稻

重重稻浪闪金光，幻出江南云水长。

沃土清泉共滋润，一家煮饭满街香。

（2020-10-12）

洛带古镇

长街七巷历千春，四馆一园惊绝伦。

巴子国中方外境，风流尽属客家人。

（2020-10-18）

菊

青霄玉女暗飞霜，草木凄凄尽萎黄。

唯见篱边数丛菊，清幽淡雅竞芬芳。

（2020-10-23）

重阳登坡峰岭

霜染黄栌红似火，秋光虽好少开颜。
登高极目天涯望，难见家乡万岁山。

（2020-10-25）

隋唐大运河

漕运津头柳子填，行帆如织客流连。
时光荏苒千年后，犹见繁华载满船。

注：柳子填，在今安徽淮北市百善镇柳孜村。

（2020-10-28）

与邵瑞小聚

红枫黄杏落缤纷，碧水悠悠伴彩云。
与友同游秋色里，未曾饮酒醉三分。

（2020-11-07）

某砂石厂

脚下尘堆与膝齐，狼烟四起眼明迷。
雷轰万鼓通天震，纵有梧桐凤不栖。

（2020-11-10）

有感于兰州黄河

浊浪惊风皆不见，九天之水静无音。
似闻落雁思归曲，别样情怀别样心。

(2020-11-12)

赠结红同学

同窗相见最精神，小聚兰州劝饮频。
未及半杯人已醉，原来壶里是青春。

(2020-11-12)

送寒衣

西风吹过北风来，感念故亲心事哀。
昨夜幽幽烟火旺，寒衣件件到泉台。

(2020-11-17)

初冬之雪

百花开尽雪花开，轻舞玲珑下玉台。
欣喜窗前抬首望，梅香隐隐漫天来。

(2020-11-21)

读《在没有父母的老屋，我只是故乡的客》有感

老屋几间何处觅？旧时光景已荒凉。

少年不觉家乡好，年老方知别恨长。

注：《在没有父母的老屋，我只是故乡的客》作者孙道荣。

（2020-11-28）

今天快乐（藏头诗）

今朝宴席为君开，天降三星入座来。

快意人生春不老，乐声袅袅满楼台。

注：赠程同学，祝程同学生日快乐。

（2020-12-03）

赞中一老先生冬泳（两首）

按：今日零下4摄氏度，北京海淀举办了一场迎冬奥冬泳活动。中一老先生已93岁高龄，仍不畏严寒，乐在其中。

（一）

朔气阴阴当着裘，苍苍白发破冰游。

水中忍得千般苦，岸上人生快乐稠。

（二）

老翁聊发少年狂，击水中流意激昂。

地冻天寒何所惧，逐波搏浪乐无疆。

（2020-12-06）

赞学文冬泳（两首）

（一）

朔风夜夜啸山川，珠露冰霜腊月天。

击水中流何所惧，劈波斩浪勇争先。

（二）

寒冬时节泳江河，健体强身意志磨。

焕发英姿多自在，浪花朵朵唱欢歌。

（2020-12-20）

冬至

六阴消尽始生阳，无限新机深处藏。

远客不嫌清昼短，今宵长梦会爹娘。

（2020-12-21）

题照雪湖风光

红娇绿嫩满陂塘，水映风摇万里香。
许是嫦娥尘世返，千般柔态醉人肠。

（2020-12-30）

自励

岁月东流砥砺磨，雕金琢玉意如何。
遥望峻岭风光秀，岂惧前途愁苦多！

（2020-12-31）

零下 17℃（两首）

（一）

凛冽寒风硬似刀，割过耳朵扯眉毛。
虽无悲痛心头涌，双泪殷勤珠乱飘。

（二）

倚窗作势乱呼号，车似摇篮人欲飘。
枯叶心头狂自喜，直从平地入云霄。

（2021-01-06）

偶得（两首）

（一）

历风沐雨度韶华，岁月枝头开满花。
自在人生多灿烂，水云乡里醉流霞。

（2021-01-14）

（二）

小窗日日结冰花，朔气茫茫荡海涯。
忽梦寒梅报春信，千条万缕柳枝斜。

（2021-01-14）

丙吉问牛

死伤横道无须问，气喘之牛察实情。
掾史怎知丞相意，心心念念为苍生。

（2021-01-17）

大寒

数九严寒腊味浓，除尘祭灶贴年红。
粥香四溢心头暖，百福千祥满碧空。

（2021-01-20）

大山深处有人家

炊烟缕缕伴行云，鸡犬之声十里闻。
野叟悠然哼小调，神仙岁月乐无垠。

（2021-01-23）

牛

默默耕耘姿态低，无须鞭笞自扬蹄。
唯将草料充饥腹，收获黄金满野畦。

（2021-01-24）

题照新楼房

一望高楼接碧空，历经风雨始成功。
临春喜气乾坤满，多少欢颜在此中。

（2021-02-02）

预贺柯洁九冠王

按：2月3日LG杯决赛，期待柯洁获胜，写了一首贺诗。不过，他失利了。先存在公众号上，且等他下次拿冠军时再贺吧。

英姿年少领风骚，黑白江湖九夺袍。
变化万千神鬼怵，满怀韬略挫雄豪！

（2021-02-03）

立春（两首）

（一）

斗转星移又是春，雪消风暖焕精神。

河山喜得东君令，姹紫嫣红次第新。

（二）

星移斗转又逢春，绿柳红梅几度新。

莫叹青丝华两鬓，休将岁月付闲身。

（2021-02-04）

节前购物

辞旧迎新喜气洋，商超购物最欢狂。

人流恰似波潮涌，马路变成停放场。

（2021-02-10）

佳节遥祭

纸钱烧罢化云烟，带念捎思到墓前。

心感双亲知我意，今宵梦里共团圆。

（2021-02-11）

除夕（两首）

（一）

辞旧迎新过大年，千门万户庆团圆。
烟花簇簇迷双目，爆竹声声动九天。

（二）

鼠去牛来不夜天，思潮翻涌未曾眠。
不求一日青云上，但愿新年胜旧年。

（2021-02-12）

伏生传书

（新韵）

坑儒劫火无遗烬，典册暗藏墙壁间。
皓首传经书再造，弦歌不辍几千年。

（2021-02-15）

游山偶得

红尘远隔万重山，俗事不闻身自闲。
古寺钟声荡尘垢，浮华名利化云烟。

（2021-02-15）

辛丑元宵节

明月今宵照九天，大街小巷尽欢颜。

春风最是多情客，慰我愁思故里还。

（2021-02-26）

看《中国地名大会》偶得

水碗鲜柔香透齿，离人又起故园情。

儿时父母真滋味，感动阿祥双泪盈。

注：桐城水碗，是著名传统美食。

（2021-03-06）

贺两会召开

京城三月东风暖，日丽春明万象苏。

欢聚华堂开两会，共商国是绘蓝图。

（2021-03-07）

赠张丽娟

莫嫌光景太匆匆，万事千情皆有终。

无悔青春追梦日，且将美好记心中。

（2021-03-12）

油菜花

凭高极目郁金黄，风动菜花千里香。
不是农夫浇汗水，何来云锦落村庄？

（2021-03-13）

题诗友画并诗《梅》

高标逸韵画中裁，傲雪凌霜独自开。
玉骨冰姿含素艳，幽香缕缕伴诗来。

（2021-03-14）

沙尘暴

仗势乘风恣意行，长空昏蔽日难明。
但教荒漠成绿地，必使沙魔甘遁形。

（2021-03-15）

漫步老山城市休闲公园

花落花开又一年，娇黄素粉竞争妍。
风和日暖莺声好，香满襟怀春满山。

（2021-03-16）

闺怨

东风翦翦雨姗姗，春色微微入画栏。
闲倚妆台空对影，孤吟独坐意千般。

（2021-03-29）

丁香

纵有痴心终是空，此生难得与君同。
断肠化作千千结，岁岁年年恨意浓。

（2021-04-01）

步韵徐老师《赠恭胜同学》

天资愚钝愧非材，幸得恩师授业来。
酌句遣词多逸致，人生日日有花开。

（2021-04-10）

徐老师原玉：《赠恭胜同学》

理科昔日是高材，僻壤寒门飞凤来。
且看今朝弄文墨，笔花诗作梦中开。

同学伴游浒山湖

按：程华同学携先生陪我们畅游浒山湖及官庄古村落。

厚意真情浓似酒，芬芳四溢醉心窝。
浒山湖水源流远，万载千年荡碧波。

(2021-04-10)

徐老师和诗

万壑千沟聚一河，穷乡十载变金窝。
踏青追梦携诗酒，春色山光共碧波。

山间小路

苍松翠柏竹婆娑，烂漫春红鸟唱歌。
小路弯弯藏胜境，大山深处笑声多。

(2021-04-11)

随笔

云外青山是我家，野田茅屋度生涯。
春来岭上看桃李，秋后门前醉菊花。

(2021-04-14)

韵沣桑园

又是阳春三月时，莺声啼断绿桑枝。
青红初酿酸甜味，总叫游人日夜思。

注：韵沣桑园位于安徽省安庆市潜山市黄铺镇黄铺村。

（2021-04-16）

祝王亚蓉同学生日快乐（藏头）

生涯不共时光老，日日青春岁岁妍。
快意江湖须痛饮，乐声常伴在身边。

（2021-04-18）

西蓄公园

蛙鼓声声夜未央，池塘沿岸透芬芳。
儿时光景今犹记，此刻分明在故乡。

（2021-04-23）

住建部《建筑废弃物再生工厂项目规范》研编会

总为情怀聚一堂，纂编矩范议规章。
同归天下无尘染，共济苍生乐寿康。

（2021-04-27）

昨夜下雪

三月春深尽日愁，红颜老去恨幽幽。
不期又遇无情雪，转瞬青丝变白头。

（2021-04-30）

写在劳动节

（新韵）

蜂儿采蕊酿甜蜜，燕子衔泥营爱巢。
勤奋方能得精进，人生岂可惧辛劳。

（2021-05-01）

登定都阁偶遇王周胜

打卡京西定都阁，忽逢故旧喜还惊。
开心一叙前尘事，瑞气祥烟覆京城。

（2021-05-04）

北坞公园

玉泉山下好风光，五月菜花铺地黄。
垂柳柔情千万缕，文人墨客最痴狂。

（2021-05-05）

出差西宁

（新韵）

机缘又到西平郡，喜色欢颜溢满腮。
不为青塘山与水，同窗情谊挂心怀。

（2021-05-10）

见达煜魁同学

南山湟水画中裁，和煦春风扑面来。
水色山光诚惬意，同窗情谊最开怀。

（2021-05-13）

西宁印象

（新韵）

三川会聚雪山影，二脉绵延河水魂。
四海情融丝路上，唐蕃古道焕新春。

（2021-05-15）

韵和坐隐先生《辞春》

汤汤江水向东流，花落花开何必愁。
但得心中无一事，和风日日拂行舟。

（2021-05-17）

坐隐先生原玉：《辞春》

倚栏堪叹水东流，身向江天满目愁。
放眼周遭春不在，雨风一路送行舟。

悼袁隆平、吴孟超二院士

食医院士逝尘埃，海北山南动地哀。
昨夜京城风怒吼，天公垂泪祭英才。

注：昨日青海云南地震，昨夜京城大雨。

（2021-05-23）

悼念袁隆平院士（两首）

（一）

纵横造化立殊功，高产禾田岁岁丰。
从此苍生免挨饿，神农当代属袁公。

（二）

袁公驾鹤赴天堂，放眼神州尽感伤。
不见田间旧时影，唯闻碗里饭飘香。

（2021-05-23）

昨日三五同窗与张定文老师小聚

笑语欢声入晚风，张师别后再相逢。
一壶清酒时光醉，昨日青春隔几重。

（2021-06-07）

山城结缘三十年（四首）

（一）

流转光阴三十年，朱颜渐改鬓堪怜。
花开花落情如旧，日照清空火欲燃。

（2021-06-12）

（二）

推杯换盏话当年，满室欢歌伴管弦。
一曲渴望千万意，教人今夜怎成眠？

（2021-06-12）

（三）

巴渝山水最缠绵，川味川腔醉寸田。
四载韶华似佳酿，时光愈久愈清妍。

（2021-06-14）

（四）

行囊背起转归程，杨柳依依满别情。
江水东流无尽意，渝州山色四时青。

（2021-06-15）

息烽温泉

天台山下景观殊，白石喷泉碧玉湖。
土地未闲煎药火，神汤一沐病踪无。

（2021-06-25）

公园散步突遇大雨

（新韵）

风卷雨烟帘幕重，白杨绿柳尽癫疯。
瞬间小路波涛阔，盛夏之时恰似冬。

（2021-06-30）

无题

（新韵）

烟雨黔山水墨浓，无暇共赏起愁容。
天涯咫尺难相会，墙外紫薇依旧红。

（2021-07-2）

八、七言律诗

赞母校野中及八七届所有严尊

野寨中学竞上流，景忠校训写春秋。
人生有梦心无染，岁月留痕背已勾。
弟子三千承雨露，馨香百代尚轲丘。
晨昏难忘恩师诲，业业行行灿五洲。

(2017 -08-09)

罗志强老师《致八七届同学》

云绕天柱潜水流，一梦穿越三十秋，
晨练步急惊宿鸟，夜读悄悄月如钩，
脸盆做鼓唱洪湖，肩扛手捧战沙丘，
最是难忘手足情，丹飘时节炫舒洲。

楷木

色黄味苦名楷木，亮丽春花嫩叶霞。
子贡手栽尊圣祖，推官持笏灭红沙。
千枝荣际如枯桥，百草凋时始荫芽。
众醉独醒真本性，浩然之气誉中华。

(2017-08-11)

赞程华、江源二位同学发言

天高气爽花枝艳，茉莉芙蓉两笑妍。

脉脉秋波流异彩，纤纤玉手出萋鲜。

朱唇漫启昭君语，红袖轻扬西子嫣。

寄望同窗佳节日，重回母校话当年。

(2017-09-19)

赞了了

芍陂浩渺水如烟，天地精灵育德贤。

扶老携婴不怠慢，相夫教子用心专。

田间瓜果年年好，厨下烹调顿顿鲜。

歌赋诗词皆出色，逍遥自在谱新篇。

(2017-09-29)

记野中毕业三十周年聚会

八七同心聚皖城，诸君相见喜盈盈。

浩然亭里寻鸿爪，忠烈祠前祭众英。

慨叹青春江水逝，唏嘘今日鬓霜生。

流年五十才开始，跃马扬鞭再启程！

(2017-10-04)

罗志强老师《和汪恭胜同学》

八七星光耀皖城，同窗重逢笑盈盈。

片片红云飘校园，英烈碑前立精英。

三十年后论英俊，感叹难赛众后生。

人生中年任重远，快马加鞭启新程。

程春立老师《和汪恭胜同学》

八七学子最赤诚，师生相聚乐盈盈。

尊师重教堪楷模，不忘英烈拳拳心。

三十年后回母校，重做一回高中生。

而今迈步从头越，策马扬鞭新征程！

记全海接父亲团聚

离京抵达高谭市，老少天伦乐趣多。

泼墨挥毫听笑语，弄潮击水唱欢歌。

安纳波利尝鲜蟹，里士满城寻战疴。

三代同堂福门第，一家共聚暖心窝。

注：高谭市，纽约别称。

(2017-10-20)

安庆谯楼

高座重檐映汉唐，千年狮兽鉴沧桑。

筑城南宋连烽火，猎猎旌旗蔽日芒。

建省清朝司署地，声声更鼓韵悠长。

大江不识兴衰事，滚滚洪流向远方。

(2017-11-24)

记思远亭建成

　　按：欣闻为七代先祖建亭立碑今日告成，心情十分激动。然因山高路远，工作繁忙，不能参加碑亭落成仪式，深感遗憾。为表对先祖敬仰之心，对建亭立碑的宗亲们感恩之情，特作拙诗一首，以为纪念。

宗会鼎言提正议，族亲协力建碑亭。

龙山皖水留名迹，金虎冰轮伴祖灵。

宝地瑶台千古秀，苍松翠柏万年青。

巍巍功德流芳远，子孝孙贤传世馨。

　　注：宗会指金锦公后宗亲理事会。

(2017-12-10)

当代会稽公

蔽遮双眼列仙班，寂寞蜗居变宇寰。
灿灿暖阳含笑意，油油绿草绽芳颜。
有情有爱融融乐，无渴无饥奕奕顽。
自此会稽消苦虑，毕生潇洒在人间。

注：VR技术。

(2017-12-16)

大国工匠王震华

木痴研酌祈年殿，五度春秋事竟成。
锯乐回旋音袅袅，刨花飞舞态盈盈。
斫除腐朽初心立，凿去浮华大道生。
一凸一凹真巧妙，鲁班智慧放光明。

(2018-01-09)

快车生活

车轮滚滚碾红尘，足迹茫茫没苦辛。
雪月风花闲入眼，乐哀喜怒不劳神。
五湖四海窗前客，俊异凡流座上宾。
尝尽人生千百味，逍遥自在度昏晨。

(2018-01-26)

依稀魂梦不成眠（五首）

（故乡情）

（一）

依稀魂梦不成眠，皖水苍茫千万年。

欲听黄梅烟雨泪，且看金粉露华缘。

二乔倾国倾城貌，三祖兼修兼信禅。

秋月春风曾几度，冰心一片更殷然。

（二）

苦读寒窗十二年，依稀魂梦不成眠。

双亲大德身言教，冬日阳和罩膀肩。

师长深恩桃李育，春风化雨润心田。

谆谆训诲今犹记，砥砺前行志更坚！

（三）

寒风凛凛啸京燕，爆竹声声送旧年。

难解乡愁唯有饮，依稀魂梦不成眠。

几多怅惘几多恨，万里浮云万里天。

应念更深漏残夜，客途村路共婵娟。

（四）

细雨蒙蒙忆皖潜，轻红桃杏斗娇妍。

一帘春色空遗恨，九陌凡尘未了缘。

寥落情思无所语，依稀魂梦不成眠。

闲心且寄诗书诵，莫问华章有几篇。

（五）

碧池荡漾竹林边，曲径幽幽老屋前。

十里桃花香满地，无垠稻海浪滔天。

爱闻松韵千山醉，乐听泉声万水妍。

昨夜春风飘旧绪，依稀魂梦不成眠。

（2018-02-06）

无题

亭亭淑女出谁家？腹有诗书气自华。

玉洁冰清天上月，娇妍翠润雨中花。

胸藏锦绣描丹凤，笔驾春风绘彩霞。

竹影轻歌云品酒，幽香淡雅更添茶。

（2018-02-19）

贺安庆诗词学会成立三十周年

锦绣宜城二月天，千红万紫展娇妍。

龙山苍翠凝佳句，皖水清悠汇雅篇。

墨客骚人纾素志，金声玉韵颂华年。

耕耘卅载神州誉，一代前贤启后贤。

（2018-04-10）

孩子成人典礼

时光飞逝似云烟，弹指春秋十八年。

昨日呱呱连咽咽，今朝洒洒又翩翩。

献花拥抱真情寄，施礼躬身泪水涟。

自此男儿怀壮志，为家为国谱新篇。

（2018-04-28）

韵和汪贤猛先生

（仄韵）

巍然屹立大中国，逐梦雄心齐奋力。

革故鼎新怼霸权，推仁强武倡多极。

东洋迷雾自遨游，西帝狂言无悍色。

华夏文明底蕴深，共同世界当嘉德。

（2018-05-01）

汪贤猛先生原玉：《改革开放四十年庆》

匠心开创文明国，领导全民齐努力。

西气东输项目优，南泉北注工程特。

市容美丽达高标，村貌繁华呈独色。

四十年来变化多，升平一片人同德。

山野寻珍

红稀绿暗鸟声扬，野叟村姑采摘忙。
槐树花香香十里，鹅肠草翠翠三乡。
巴椒棵棵初成果，奶汁株株正吐黄。
大地施恩滋美味，人间才得养生堂。

（2018-05-05）

写给参加高考的孩子们

风轻云淡映骄阳，定志安心赴考场。
往昔十年磨利剑，今朝一日试锋芒。
胸中锦绣精鸿法，笔底烟花通凤章。
唯愿频频传捷报，青春不负好儿郎。

（2018-06-06）

谒黄岭村恨水先生故居

天明山下起峦冈，黛瓦青砖百忍堂。
点缀文思金桂树，雕花词韵老书房。
碧波池水墨香郁，黄土岭风诗意长。
一代宗师留胜迹，圣名千古永传芳。

（2018-06-19）

韵和中新先生《颂张恨水先生》

大风歌罢醉忧伤，笔底谋寻救国方。
弄柳吟花砭陋弊，茹酸攻苦著华章。
古今融汇文人梦，雅俗并兼书报房。
乡野朝堂尽痴爱，九州八极盛名扬。

（2018-06-24）

中新先生原玉：《颂张恨水先生》

飘零蓬断几心伤，振作轩昂阊四方。
克绍箕裘遵祖训，博通经籍写新章。
春秋笔法春秋史，锦绣人家锦绣房。
缀玉联珠留万卷，风云际会广传扬。

再颂张恨水先生

毓秀钟灵黄土岭，圣贤故里魄长眠。
未休苦读千千卷，不辍勤耕万万篇。
一举成名书外史，登峰造极著因缘。
京华旧梦烟飞逝，恨水遗芳代代传。

（2018-07-18）

用韵和徐汪二师《过黄土岭》

骚人墨客赞长冲，日影云光景异同。

碧水悠悠怀往事，苍山莽莽鉴新风。

篇篇佳作遥相忆，美酒杯杯总不空。

残月清辉对窗照，故乡已入梦酣中。

(2018-07-25)

徐老师原玉：《过黄土岭》

儿时随父到朱冲，往返观光似帆中。

踏过板桥亭子水，吹来绿豆蓟河风。

小街石路双边对，古屋砖墙几处同。

黄土青山灵气放，惊天动地震长空！

中新先生原玉：次韵奉和徐同学《过黄土岭》

往年此处曰长冲，今荡飞舟玉镜中。

亭子规模成直线，张家梓里漾文风。

君来赏我山河美，我伴牵君兴趣同。

早有涂楼留故事，源潭余井享蓝空。

恭贺姨母九十大寿

按：小东乃予大学同窗，昨日告之：老母后日九十大寿。嘱予作藏头诗一首，以示恭祝。得此消息，喜不自胜，姨母大寿，理当面祝，然吾出工科，又忝陪末学，诗词之谓，难登大雅之堂，更恐贻笑大方。然小东盛情之下，敢不从命？今诚惶诚恐，斗胆而试，谨以祝姨母南山不老。

贺客盈门喜满堂，曾姨旷日气轩昂。
青松滴翠春长在，梅紫陈馨福永昌。
九秩华年萱草盛，十分彤月桂枝香。
大仙护佑双鲐背，寿母怡然抱健康。

注：大仙，指苏仙。

（2018-07-28）

贺姨岳母六十生日

戊戌凤鸣荷月天，初周甲子喜连连。
风和日丽萦青霭，水秀山清绕紫烟。
雾鬓云鬟心自在，珠圆玉韵乐怡然。
竹松鸿寿春常驻，再望期颐百岁筵。

（2018-07-31）

和也为兄弟《无题（十三）》

倚竹沉眠日已斜，白云生处是吾家。
故园千里几垂泪，游子经年数落花。
桑树鸣鸡潜邑犬，凤仙醉酒皖城瓜。
和诗未敢添新懒，思遍江南山水涯。

（2018-08-02）

也为原玉：《无题（十三）》

月过中天柳影斜，柳蛾轻舞坠人家。
声声促织催星泪，点点蜘蛛结网花。
曲巷沉深偎黑犬，茅篱错落挂青瓜。
三更鼓去心思懒，望断闲愁到际涯。

黄岭村

梦绕江南黄岭村，年年追念向张门。
挥毫风月千秋颂，下笔尘沙百马奔。
零落梨园分野史，空留燕语度晨昏。
谁言日久乡心远，万古依依吊圣魂。

（2018-08-02）

无题

暖阳煦煦满城芳，尽日东风醉意长。

夹岸山前杨柳绿，漫天蔽野菜花黄。

红装仙子酬春色，粉面佳人笑语香。

玉骨冰肌神秀丽，歌衫舞扇一娇娘。

(2018-08-07)

次韵中新先生《三颂张恨水先生》

世事悠悠不挂怀，褒扬恨水共诗裁。

扶疏桂魄星光耀，皎洁月华天眼开。

万籁有声歌唱颂，百花无语和香来。

宜风宜雪还宜雨，独运文锋隐隐雷。

注：末两句是说恨水先生作品各种类型的人都喜欢看，而且体现了针砭时弊及爱国情怀。

(2018-08-15)

中新先生原玉：《三颂张恨水先生》

余井蜗居也畅怀，八方文稿网中裁。

邻家恨水门庭耀，故里新花蕊瓣开。

百忍堂前风雅颂，天明山下翠华来。

亢炎按键频挥雨，充耳犹闻绕殿雷。

注：末句说明来稿太多，应接不暇。

记华盘兵彬四位赴徐州悼念春胜同学

逢君未久别君行，只为同窗不了情。
历历三年居野寨，迢迢千里到彭城。
九州八极传哀意，四海五湖悲叹声。
香火有凭人有愿，平安相伴福相迎。
浮云过眼原无事，阴雨经时自会晴。
八七一班齐努力，和衷共济写真诚。

注：彭城，指徐州。

（2018-08-16）

送儿上学

按：武汉大学从 2018 级新生起实行"三学期"制，即将原来的春秋两个学期共 40 周的学习时间，调整为两个各 18 周的长学期和一个 4 周的短学期，因此今年早早开学了。

苦读寒窗十二秋，少年壮志几时酬？
蹉跎光景空遗憾，砥砺人生自设谋。
鉴月湖边任潇洒，珞珈山下竞风流。
登临峰顶凭栏眺，似锦繁华入眼眸。

注：鉴月湖，指鉴湖和月湖。

（2018-08-24）

京西古道

古道依稀岁月长，京西漫步鉴沧桑。

秋风瑟瑟愁千树，驼乐幽幽怅万冈。

得得马蹄敲旧梦，萋萋荒草泣残阳。

关城铁铺今犹在，不见当年贾业昌。

（2018-08-27）

祝陈俊安夫人生日快乐

（藏头诗）

沈家有女嫁陈郎，秀色天资爱意长。

霞照幼苗根叶密，光明大树干枝强。

彩毫写就千篇赋，红袖传来万点香。

夫妇相携同奋进，人生美满赛鸳鸯。

（2018-08-27）

贺潜山撤县设市

月华如水浸瑶阶，喜听潜山已易牌。

烂漫诗心吟古皖，盎然兴味饮清淮。

娇柔夜色难输眼，和爽东风好入怀。

唯愿故乡圆绮梦，民生政事总相谐。

（2018-08-30 夜）

致张定文老师

缘结野中三十载，张师鬓发已苍然。
潜河皖水云无尽，竹影松风月正圆。
沐浴春晖满园翠，徜徉书海百花妍。
德行天下逍遥乐，畅写人生锦绣篇。

（2018-09-06）

次韵韩先福先生《低碳绿色之路》

（新韵）

自古涟漪佳境地，阴云如幕几重重。
前缘孽债青山泣，今世尘心碧水空。
守律循规施逸艺，脱胎换骨傲春风。
情怀不倦谋生态，定是人间造化功。

（2018-09-06）

韩先福先生原玉：《低碳绿色之路》

昔者流觞林堑地，而今都邑百千重。
但忧工建污秋野，所惧烟飞染霁空。
革故有方除瘴露，鼎新无尽布春风。
知和知止铭恩义，澄水鲜山万世功。

开文同学送女出国

　　按：昨日开文来京，送女出国，京城同学相约小聚。回想高中时代，不禁眉飞色舞；畅饮杯中美酒，殷殷情难自主。工作压力，尽释无余。其乐融融，开心无数。故作诗以记之。

许君万里送千金，开眼新愁泪不禁。
文采难言离别苦，秋风未解眷思深。
越洋跨海真经取，淬砺磨砻绮梦寻。
且待荣归乡梓日，忠诚孝道见初心。

（2018-09-06）

丰台瓦窑密檐塔

一片荒园掩古芳，密檐宝刹沐斜阳。
砖雕纹饰堪风雨，斗拱莲花傲雪霜。
倭寇侵华蹂胜迹，高僧显圣护神光。
春秋五百寻常度，自是空门日月长。

　　注：瓦窑密檐塔位于北京市丰台区王佐镇瓦窑村。

（2018-09-22）

读《真如诗词》有感
——二赞真如先生

琳琅翰墨色犹鲜，不辍勤耕种玉田。
紫气东来黄土岭，红云西聚夕阳天。
山苍万岁瞳瞳月，水碧长江淡淡烟。
赏画听琴真足乐，悠悠诗酒度华年。

注：汪中新先生笔名"真如"。

（2018-10-07）

中新先生和诗：《次韵和宗叔》

聱牙佶屈不新鲜，涕唾收来也种田。
苍色残云居故里，明窗朽几展新天。
空虚作态含羞涩，秃拙描形类雾烟。
宗叔京城关爱重，赐光导我度衰年。

步韵徐老师《望货尖猜想》

望货尖名究本由，苦无典史最难求。
松风瑟瑟云山外，点点渔灯古渡头。
落日千年看西海，冰轮几度盼归舟。
青峰叠翠今犹在，不见洪波万里流。

（2018-10-25）

徐老师原玉：《望货尖猜想》

欲问名称何起由，凭依传说妄探求。

群山环列甘低首，中凸高墩独挺头。

远古源潭属西海，诸方此处泊商舟。

为穷帆影几时到，极目巅尖天际流。

步韵徐老师《赠汪恭胜同学》

小荷才长角尖尖，便得阳光雨露沾。

弟子感恩回首暖，师尊赠玉醉心甜。

浮云入眼诗词伴，愁绪销魂桑梓兼。

且待赋闲游访季，再归故里赏飞潜。

（2018-10-26）

徐老师原玉：《赠汪恭胜同学》

望货神山独挺尖，汪家灵气一门沾。

寒窗僻野艰辛苦，大厦京都幸福甜。

萤雪书香成绩异，荣身手足友仁兼。

争光共饮长安水，无愧人生出皖潜！

妹丈好厨艺

又逢周末好时光，青菜鸡鱼灶下忙。

削剁切旋藏奥妙，煎蒸炸煮有奇方。

山珍海味流香远，美酒芳茶溢韵长。

老少一家齐聚首，欢声笑语满楼堂。

（2018-10-29）

思乡

少小求知渺际涯，此生缘定在京华。

车流似水难寻月，大厦如林不觅鸦。

失意清风无语处，离乡倦客正思家。

秋凉十度花开日，拟问田园再种瓜。

（2018-11-10）

一步一趋徐老师《闲人外传》

白云尽处是青山，落日朝霞醉梦间。

昏意常多如意少，心缘无动脑缘闲。

眼前历历几经手，耳后声声未过关。

幸有和风长伴月，愁眉不似旧时弯。

（2018-11-13）

徐老师原玉：《闲人外传》

高低村道一重山，寒暑晨昏注返间。

曾是匠工青壮少，何期懵懂荡游闲。

弟兄血热多情手，社会春融几险关。

但愿爱心如日月，天光暖照小松弯！

自娱自乐

一首诗成满室香，飘飘袅袅过山梁。

林间溪水欢声起，陌上耕牛笑语扬。

梦里五更无寂寞，壶中六月见清凉。

人生若得悠闲境，韵律雅音须启航。

（2018-11-13）

一叶一花天地宽

不论炎蒸与凛寒，人生难得是清欢。

吟诗作赋飞神笔，剪露裁烟戴鹿冠。

云卷云舒情眷眷，草枯草长意珊珊。

青山绿水无穷乐，一叶一花天地宽。

（2018-11-20）

三赞中新先生暨次韵先生《文学地图》

先生培育化无形，弟子文坛灿若星。

一日名成惊海岳，百花香溢满门庭。

乡情不辍传书润，国学钦承播德馨。

心远遗风裁锦绣，遥闻环佩响玎玲。

（2018-12-07）

中新先生原玉：《文学地图》

老身拙笔画图形，皖国长空耀众星。

纯素山村融锦瑞，蝉联绣口响龙庭。

劳神饿体文思重，拔类超群桂子馨。

恨水神威薪火盛，新朝扛鼎酒珑玲。

步韵中新先生《见储兴国、韩飞二同志入户扶贫有感》

情系民生疏国财，东风送暖福音来。

甘添山野文章色，愿做乡村柱石材。

天上霖霖甜似蜜，世间薄草翠如苔。

扶贫济困人心聚，一曲赞歌声震雷。

（2018-12-08）

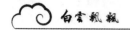

中新先生原玉：《见储兴国、韩飞二同志入户扶贫有感》

天开盛运赐钱财，疾控中心人马来。

暗访明查挑特困，详登细写选真材。

贫家仰感沾恩露，大地抽萌发嫩苔。

救死扶伤亲入户，小康黄岭响春雷。

注：潜山市疾控中心帮扶黄岭村。

美妙的石艺

谁言顽石不痴情？妙想奇思魂已倾。

猫眼含灵光炯炯，虎头得意啸声声。

路边小鸟才张翅，画里佳人正忆卿。

变化万千无可测，世间绝艺鬼神惊。

（2018-12-13）

无题

星空寂静转周天，乌兔轮回照万年。

虚壳淹埋风月里，真心自在水云边。

红尘滚滚添烦恼，陌陌青灯度幻缘。

三世三生三历劫，一花一叶一枝莲。

（2018-12-21）

贺项目获国家科技进步二等奖

土木轮回兴未穷，再生利用共融通。
减消固废宽思路，节约资源乘正风。
步步攻坚成硕果，环环鼎力建鸿功。
青山绿水开颜笑，海北天南幸福同。

(2018-12-31)

腊八节

岁逢腊八酷寒天，袅袅炊烟五味全。
祛疫迎祥红豆力，礼僧敬佛乳糜传。
朱仙镇上神威显，烽火台旁饥焰燃。
历史源流毋淡忘，承前启后庆新年。

(2019-01-13)

茶

汲来泉水学煎茶，品饮其中久叹嗟。
起伏一番难入味，浮沉几度自升华。
由浓转淡幽香远，从烫回温清韵嘉。
纵是人生千万事，飘飘袅袅向天涯。

(2019-01-18)

除夕夜

户户家家贴对联，红红火火庆团圆。
山肴野蔌多滋味，玉液琼浆醉意绵。
爆竹声声辞旧岁，烟花朵朵迎新年。
神州大地同欢乐，卫士陲疆正戍边。

(2019-02-06)

和徐老师《春节感怀》

花落花开年复年，清辉常洒小楼前。
千山信步松和月，万事随缘地与天 。
酒意三分无寂寞，诗心一点自飘然。
人生处处堪为乐，莫管秋霜满鬓边。

(2019-02-11)

徐老师原玉：《春节感怀》

何喜何忧说过年，心情哪得似从前。
岂能劳累无多日，纵使欢愉有几天。
听令嗟余班应去，临风怅望辙依然。
小楼一切回原点，唯又霜丝添鬓边。

韵和徐老师《回故乡过春节》

离乡别井总怀归，夜夜魂游梦几回。
微信一声传喜讯，故园万里惠书来。
依依笔意琴千曲，朗朗心情酒百杯。
愧对师尊之教诲，拙诗怎敢誉为才？

（2019-02-13）

徐老师原玉：《回故乡过春节》

　　为你写了一首诗，不知可恰切。特别是最后一句。你是研究混凝土专业的，旨在说明理科学生也有写诗的文才。

不辞迢递久思归，挈子偕妻自驾回。
访友寻师重情义，尊兄敬族共盅杯。
几游山水初心切，一路篇章信手来。
采得乡风车载满，混凝土里长诗才。

贺无废城市活动日举行

从来万物合阴阳，辩证盾矛应是常。
钢化农医皆发达，江河草木有枯黄。
秽污土地关生死，霾染云天涉寿康。
无废之城毕工日，青山绿水映穹苍。

（2019-02-14）

131 ·

致敬无废城市工作者

投身环保倍艰辛，勤恤仁心为万民。

两袖风云吟净土，一肩霜雪挽浮尘。

千年华夏千年梦，几度春晖几度新。

碧海蓝天唯此志，青山绿水赖斯人。

（2019-02-14）

读《真如谜集》

按：春节到中新老师家拜访，获赠《真如谜集》。

谜书读罢赞先生，专志钻研技艺精。

题旨弘新入时尚，构思绝妙显轻盈。

增删转合天机巧，会意传形造化清。

益智调心多雅趣，不求光大自闻名。

（2019-02-16）

中新先生《韵和恭胜叔来诗并谢来访》

网上吟缘初面生，诗词宗谱两元精。

良心斧削千桩美，金步光临百室盈。

愚陋乡间迂鄙塞，聪灵族内广深清。

高贤文理双修满，一本堂前仰盛名。

徐老师《和汪族二诗友》

相知相见慰平生，汪族群林两笔精。

北国风光何莽莽，长春碧浪自盈盈。

三年窗谊词中复，四纪冰寒水上清。

千里诗心黄岭解，书能篇籍炎驰名。

和中新先生《己亥新春赠诗友》

故乡一别几经年，水水山山魂梦牵。

春日百花香满地，秋时金穗浪滔天。

暑期柳荫炎消减，雪夜杯中月正圆。

桑梓诗书今已至，灯前细看不成眠。

（2019-02-20）

中新先生原玉：《己亥新春赠诗友》

时穿卅载忆当年，畅叙无拘任扯牵。

逼仄缠绵思旧谊，治平锦绣出新天。

境迁异路真心在，面见嘉容夙念圆。

有幸诗文逢盛世，奔腾快马再加鞭。

题长寿花

时逢佳节展娇柔，纤妙轻盈半掩羞。
团簇翠裙如浪涌，连枝红鬓似云流。
雍容典雅香心远，淡泊清宁韵味悠。
但愿人间春永驻，花开长寿满神州。

（2019-02-20）

贺魏梦董超喜结连理

按：老同事兼棋友魏总之女，将于2019年6月2日结婚，闻讯而题。

魏门董府喜洋洋，靓女今朝嫁玉郎。
缘定三生花并蒂，誓盟百载燕同翔。
珠联璧合情如蜜，比翼连枝意似糖。
鸾凤和鸣赓美曲，螽斯衍庆福绵长。

（2019-03-08）

咏三八节

柳娇花媚女儿身，似水柔情是本真。
敬老敦亲岂容易？相夫教子亦艰辛。
五湖四海宏图展，百业千行佳绩陈。
时代裙钗酬壮志，嫣红姹紫九州春。

（2019-03-08）

颂扫黑除恶

阴阳二炁合坤乾，消长兴衰未失偏。
固本向深枝叶茂，培元既久气神绵。
尊贤修德民心正，反腐倡廉国运坚。
黑恶扫除污浊荡，太平盛世谱新篇。

（2019-03-22）

韵和中新先生《遣怀》（两首）

（一）

弘扬传统正当时，著述连连乐不支。
几片乌云几盅酒，一江湍水一枰棋。
黄忠花甲藏威猛，姜尚仙年有大知。
且待期颐双耳顺，童颜鹤发作吟痴。

（2019-03-27）

（二）

复兴文化正当时，非是才贤势莫支。
华夏诗风千载梦，先生心迹一枰棋。
继承传统无遗力，开拓谋新有大知。
桃李飞花春不老，翩姿悠韵尽成痴。

（2021-05-29）

中新先生原玉：《遣怀》

鼓里糊涂在盛时，呻吟熬病力难支。

逢人总说真心语，处世常移死角棋。

躲进书斋观彩页，敲开微信伴深知。

浮生混过平均数，再享春光是卖痴。

题太湖五千年文博园根雕

长在深山浑不识，神工巧艺世人惊。

悲欢好恶心头过，幽默诙谐浮面盈。

开口能言真妙语，凝眸可见假衷诚。 千张脸孔千般意，刻尽苍生未了情。

（2019-03-31）

赞安庆诗词学会己亥谷雨盛会

雨生百谷正当时，骚客文人共赋辞。

雅韵宜城传海岳，馨香日下沁心脾。

梦回唐宋情舒畅，笔落春秋墨醉痴。

微信美篇刊盛况，举杯纵酒漫诗词。

（2019-04-22）

玻璃桥

黄河怒吼两山间，飞架云桥百丈连。
本想临风登绝顶，谁知举步入深渊。
眼前瀑布色惊惧，脚下裂痕心怯悬。
多少红尘迷幻境，邪魔灭尽即神仙。

（2019-04-30）

南锣鼓巷印象

历尽沧桑七百年，南锣鼓巷已苍然。
王公昔日逍遥地，商贾今朝自在天。
坊里遗存堪碧玉，胡同新貌鉴瑶篇。
古风时尚兼中外，胜境由来人共传。

（2019-05-01）

步韵晓楼宗亲《与柞水宗亲共席》

一脉传承意久长，血亲骨肉怎能忘？
得瞻老谱文书册，收族尊宗自溢香。
又见祖堂风水地，开基立业不寻常。
今朝皖陕同相聚，共创明天享吉康。

（2019-05-04）

晓楼宗亲原玉：《与柞水宗亲共席》

柞水宗亲情意长，热忱款待我难忘，

山珍海味全春色，红茶绿酒满室香。

会上畅言谈族事，街中慢步话家常，

并肩共谱和谐曲，携手同程迈小康。

次韵中新宗亲《祝贺汪氏一本堂皖陕圆满联宗》

杯杯美酒话情亲，吾自潜阳汝自秦。

慨叹白河寻祖苦，齐心戮力向青筠。

欣看皖水归根乐，携手并肩至德纯。

同气连枝总相应，千觞尽醉又三巡。

（2019-05-04）

中新先生原玉：《祝贺汪氏一本堂皖陕圆满联宗》

潜阳一本一家亲，皖陕分居如避秦。

天柱破蒙知注事，白河流水响松筠。

心中总恋基因共，席上相逢血统纯。

难得同袍团聚乐，千巡醉后再千巡。

神仙生活

沧桑历尽井无波，水色山光快乐多。

春日年年花似锦，冬时处处雪成窝。

夏风入梦含烟柳，秋雨添香带露荷。

万里红尘诗作伴，一杯清酒一声歌。

（2019-05-15）

晚霞

夕阳西下锦斓斑，遍照尘寰大小山。

满目飞花九州笑，一心游戏五湖闲。

彩云缭绕松庭外，紫气徘徊鬓发间。

且饮且斟诗和酒，自娱自乐醉开颜。

（2019-05-19）

母校野中"八七一春晖品格奖"颁奖有感

野中教学美名扬，品格成人傲众芳。

先烈精神垂万古，后生境界自重光。

春晖沐浴潜河岸，道德恢宏舞象郎。

化雨东风强国栋，复兴华夏谱新章。

（2019-05-26）

祭屈原（两首）

（一）

（孤雁入群）

岁岁端阳祭屈原，直臣沉水万年冤。

狡心郑袖施奸计，愚昧怀王信侧言。

污浊酣醒独清醒，兰荷蕙芷自芳园。

汨罗江岸常青树，浩气凛然天地间！

（2019-06-04）

（二）

自古中华祭汨罗，忠魂悲寂委清波。

深求真理吟天问，沸郁愁思唱九歌。

忧国哀民长太息，美人香草不消磨。

殉身无悔重苍泣，万世离骚恨几多！

（2019-06-02）

耘田归来话七夕

按：夏天到了，忽然间想起小时候夏夜父亲给我讲牛郎织女故事的情景。

禾田绘染浅金黄，烈日西沉火气长。

袅袅炊烟生夜色，悠悠牧笛息天光。

荷锄挑担归茅舍，赶豕牵牛入草房。

如豆油灯明陋室，似梭身影暗西墙。

怀腔水酒盈门韵，淡饭粗茶满室香。

洗刷洁清营灶下，更衣沐浴出厅堂。

声声蛙鼓敲农野，点点流萤映皓苍。
蒲扇轻摇小板凳，汗巾频擦大凉床。
少年凝望银河渡，老父细言牛女章。
手巧心灵称织女，伶仃孤苦是牛郎。
巍峨琼殿铺霞锦，俊俏仙姑纡彩裳。
织女牵牛偶相遇，山盟海誓永难忘。
帝君圣母雷霆怒，戒律清规法度彰。
贬谪牵牛到凡世，拘拿织女在云廊。
无边岁月春岑寂，几许云烟恨渺茫。
王母一朝游极乐，东桥即日泳莲塘。
金牛解尽前缘结，织女欣然夙愿偿。
共守男耕和女织，同怜柳态与梅芳。
牛郎日日耙犁握，一份辛勤一份粮。
织女朝朝弄机杼，万家温暖万家筋。
柴篱百尺依修竹，茅屋三间绕海棠。
秋至冬回花烂漫，寒来暑往雪飘扬。
三年日月醇于酒，儿女一双甜似糖。
梓里人人除旧服，河山处处换新装。
好情好景难弥久，天将天兵自蹶张。
走石飞沙日昏黑，震寰撼宇势骄狂。
牛郎痛哭无良策，织女悲号失妙方。
义死金牛归殿去，翼生玉角驾云航。
凤钗一道空中划，骇浪千重雾里妨。
隔岸临汤垂涕泪，撕心裂肺碎肝肠。
感天动地鬼神泣，铺路搭桥乌鹊忙。
七夕人间少乌鹊，银河今夜配鸾凰。
秋风一度欢娱短，真爱万年天地荒。

后记:

岁逢秋日易神伤,愁绪幽幽回故乡。

梦里爹娘常见面,醒来犹似旧时光。

(2019-06-13)

泗洪印象

长猿痛饮醉天然,一觉沉沉千万年。

下草湾人居水集,青阳国道向云边。

临淮镇上螃蟹美,抱月城中莲子鲜。

吴越楚徐共融合,酒都文化盛名传。

(2019-06-29)

看环球频道环保节目有感

如今发展与时新,呵护环球必务真。

废气废渣污泥水,毁天毁地害人民。

烟尘滚滚生殃病,塑料汹汹致楚呻。

大道轮回无妄语,类分治理重千钧。

(2019-07-07)

赠默鑫

励志男儿靖海疆，深蓝渺渺固边防。
迎波搏浪鳄鲨恐，动地凌空鹰隼惶。
士气高昂行万里，军威提振涉重洋。
风云幻化何须虑，一颗红心慑四方。

(2019-07-19)

观影《哪吒之魔童降世》有感

人生由我不由天，一念之差魔与仙。
珠入龙宫迷本性，丸投李府自参禅。
流言蜚语千金铄，茂德丰功万口传。
历尽冰霜成正果，化身为圣两枝莲。

(2019-08-10)

滦州印象

烟云集散三千载，滦水研山闻四方。
十八帝王巡察地，纷纭贤圣聚英场。
青龙河畔江南秀，宝塔钟声欢喜长。
盛世辽金今再现，星光日影叹兴亡。

(2019-08-19)

写在开学季

青春梦想启航中，各样人生迥不同。

小鸟入笼难展翅，牛蛙坐井枉施功。

登高五岳山山秀，放眼神州路路通。

历雪经霜梅韵雅，搏风击浪自成龙。

（2019-08-22）

功夫与成果

荏苒时光又几旬，闭门修炼失昏晨。

青阳不务田间事，素律难求席上珍。

若想台前真得意，须知幕后更艰辛。

一朝功满霓云现，万紫千红天地春！

（2019-09-04）

海淀公园

畅春园里好风光，疑是江南鱼米乡。

池上芙蓉正姝艳，田间禾稻已金黄。

垂杨曼舞多娇态，流水轻歌醉入肠。

更喜幽幽花谷地，争奇炫异竞群芳。

（2019-09-22）

萍水相逢

银燕高飞向北平，幻尘陌路遇倾城。

温柔秀色肤如玉，俏丽妍姿声似莺。

前世回眸千百度，今朝对面一时惊。

秋风若是知吾意，红叶幽幽寄雅情。

(2019-10-10)

北国春城印象

翠叶柔枝月月红，长春之意在其中。

南湖轩榭波摇影，废帝痴心梦幻终。

荧幕群星尽华灿，汽车一帜自称雄。

风风雨雨双百载，万里云霞辉远空。

(2019-10-18)

贺第七届世界军人运动会开幕

流光溢彩耀江城，荆楚连秋喜气盈。

百国万人同竞技，音差肤异共舒情。

军旗猎猎军威展，战鼓隆隆战幕呈。

薪火相传增友谊，中华至德召和平。

(2019-10-18)

赞开文同学

南下姑苏见故人，北窗阔论乐怡真。

西听雅韵醇甘露，东望沙洲醉老春。

一枕黄粱遗美梦，十分痴幻恋娇嗔。

百看吴越风情好，千缕万丝生妙文。

（2019-11-21）

赠江金同学（两首）

（一）

建材科技看常州，杨氏当今属一流。

公铁房桥艺精湛，咨询设计拔头筹。

光明评验安良策，绿色施工有远谋。

共济同舟创佳绩，风骚独领上层楼！

（2019-11-21）

（二）

渝州光景自难忘，师出同门契谊长。

岁岁交流争献策，年年相聚互飞觞。

繁枝茂叶千山绿，励志修身万事昌。

祖国富强齐努力，建材学子美名扬！

（2019-11-24）

贺重庆大学江苏校友会苏州分会成立

按：参加全国建材测试技术交流会，常州建科院董事长杨江金同学设宴招待，有幸与校友会苏州分会各位校友同聚一堂，推杯畅叙同窗友谊，把盏共话母校情怀。特作拙诗一首，以示纪念。

柳绿花红照眼明，江南三月听莺声。
相逢袅袅春光秀，团聚殷殷重大情。
缘起山城追梦想，业兴吴郡萃群英。
校园共读千觞酒，风雨同舟万里程！

注：重庆大学江苏校友会苏州分会于 2019 年 3 月成立。

（2019-11-25）

无题

洪流滚滚过中关，雨雪风霜只等闲。
磐石自安千尺浪，白云岂惧万重山！
求真谁解冲霄志，向道从来出世艰。
路转峰回有奇境，花香鸟语醉心颜。

（2019-12-05）

韵和徐老师《长小伤》

别离长小几经年，往事依稀魂梦牵。
琅琅书声开眼界，谆谆教诲润心田。
师恩难忘行千里，客绪萦怀达万川。
回首当时欢笑处，孤灯荒草泪潸然。

（2019-12-07）

徐老师原玉：《长小伤》

家住长安小学边，兴衰荣败自逢缘。

几多桃李心开果，不乏名师手执鞭。

一苑风华今冷落，满庭花草尽苍烟。

当年锣鼓谁听得，寂寞黉门灯黯然！

贺白河宗亲归根

慎终思远念归根，几度炎寒几度春。

祖脉有文查世系，前书存惑辨精真。

潜阳诣访铭宗德，柞水追寻赖族亲。

且喜今朝成正果，白河续谱祭先人。

（2019-12-17）

汪也为《次韵和汪恭胜兄台＜贺白河宗亲归根＞》

迁居白水苦生根，屈指拈来几百春。

散叶陕南归意紧，启林河畔梦情真。

膺承文脉披霖雨，臂振词庭揽众亲。

谱稿初成同感喟，千山踏遍领头人。

中新先生《韵和恭胜叔＜贺白河宗亲归根＞》

万物生存皆有根，历经寒暑总回春。

民间追念千年序，谱上行文百代真。

陕鄂潜阳迁正统，皖河柞水本缘亲。

专家研读繁星亮，几度联宗几感人。

贺《安庆诗词》创微刊

宜城骚客正逢时，皖水悠悠当墨池。
歌咏黄梅怀雅韵，赋吟天柱唱晨曦。
诗情款款千般态，词意翩翩万种姿。
凤采鸾章网刊萃，临屏赏析自神怡。

（2019-12-18）

祖德宗功万世芳（五首）
——贺潜阳一本堂建祠及白河修谱

（一）祖德宗功

祖德宗功万世芳，裔孙代代勿相忘。
肇基立业经危乱，甃石修桥兆吉祥。
东作西成兴稼穑，乐施好善赈饥荒。
家声振振承先泽，瓜瓞绵绵衍庆长。

（2019-12-21）

（二）白河修谱

尧年修谱续新章，祖德宗功万世芳。
血脉相承敦一本，藤萝莛蔓茂无方。
巍巍天柱青云志，渺渺白河流水长。
皖陕连心同庆贺，中华传统正弘扬。

（2019-12-21）

（三）宗祠封顶典礼

故址巍然起玉堂，庄严肃穆聚魂场。

名贤巨杰千秋颂，祖德宗功万世芳。

阵阵弦歌传喜庆，声声锣鼓漫山梁。

亲朋满座开颜笑，共贺礼成同举觞。

（2019-12-21）

（四）潜阳一本堂

郡望周室鲁平阳，越国支分一本堂。

旌表义民书史志，缅怀烈士著铭章。

家风荣泽诸孙继，祖德宗功万世芳。

荫庇族亲齐努力，前程美景更辉煌。

（2019-12-21）

（五）宗亲联谊

喜地欢天聚一堂，举杯痛饮醉千觞。

交流互动谋弘业，献策建言奔小康。

畅叙谱祠凝族魄，感恩贤哲费思量。

亲缘同脉先灵佑，祖德宗功万世芳。

（2019-12-21）

腊八节

缘因善逝苦修行，此日明心大道成。

谷粟共烹扶窘困，慈悲为念济苍生。

粥香阵阵弥欢喜，佛号声声演穆清。

历代迁流变民俗，千年腊八得传承。

（2020-01-02）

纪念郭永怀先生

按：1999年9月18日，23名为"两弹一星"工程做出卓越贡献的中国科学家，被国家授予"两弹一星功勋奖章"，郭永怀是该群体中唯一一个在原子弹、氢弹和人造卫星三方面都做出贡献的科学家，也是唯一一名烈士。2018年7月，国际小行星中心正式向国际社会发布公告：编号为"212796"号小行星被永久命名为"郭永怀星"。

> 赤子之情粹且纯，临危受命负千钧。
> 荒原邑邑经磨难，大漠茫茫历苦辛。
> 云起蘑菇惊寇敌，波传浩宇震仙神。
> 未酬壮志身先死，化作长星耀九宸。

（2020-01-02）

和张桂兴先生《庚子新春寄语》

> 骚客文人种玉田，微刊微信贺新年。
> 屏中诗笔星光耀，枝上琼英芳意传。
> 冬去春来花似锦，云游浪涌水如天。
> 只争朝夕同拼搏，不负韶华再向前。

（2020-01-20）

张桂兴先生原玉：《庚子新春寄语》

> 风薰阳暖沐桑田，玉蕊妆成庚子年。
> 出世精灵从未改，圆通意趣可频添。
> 欣逢一岁双春日，尽览三江万里山。
> 金鼠登台开瑞象，小康疾步到门前。

步韵褚宝增先生《北京诗词学会五届三次理事扩大会之际戏题》

（新韵）

蜡梅冬雪自生情，辞旧迎新瑞气腾。

浊酒依稀归绪忆，红烛摇曳怅怀增。

昨宵梦里白云醉，今日壶中诗意兴。

花谢花开春几度，他乡岁月去无声。

（2020-01-24）

褚宝增先生原玉：《北京诗词学会五届三次理事扩大会之际戏题》

一朝沾染便钟情，从此生活爱沸腾。

诗要年轻妻可老，酒曼日减胆偏增。

雅集借赏山花灿，次韵争讴世运兴。

身后人前同样愿，诗坛搏个小名声。

祝贺杰男喜结连理

一对新人把手牵，九霄瑞气起祥烟。

皖山云抱连枝树，潜水波摇并蒂莲。

共贺今朝配佳偶，同望来日育英贤。

杯杯美酒遥相祝，琴瑟调和到百年。

（2020-01-30）

咏蟹爪兰

一缕幽香扑鼻来，莹莹仙指报花开。
青裙倚翠看不足，素面飞红笑满腮。
佛性慈悲悯天地，禅心清净扫尘埃。
乾坤澄滤逍遥境，消荡人间无妄灾。

（2020-02-01）

中医

本草内经金匮略，伤寒温病与汤歌。
望闻问切知玄妙，石菌禽虫疗疾疴。
辨实证虚根干固，祛邪扶正气精和。
除灾脱厄功勋著，养性修身快乐多。

（2020-02-05）

入皖韵诗潮群有感

皖韵诗潮水高涨，文星骚客竞风流。
浪摇云影花光舞，松响梵声禅意留。
作赋行吟歌岁月，裁红剪翠绘春秋。
传承国学无遗力，快乐人生共唱酬。

（2020-02-20）

围棋

两军对峙起狼烟，布阵排兵善策研。

变化无穷天地阔，纵横自在水山连。

气浮难免泣亡走，心静定然歌凯旋。

论道纹枰忘忧乐，斧柯烂尽不知年。

（2020-02-28）

题照《故乡春色》

郁郁青青铺四野，霏霏渺渺罩千林。

田间草色迷牛首，枝上莺声动客心。

昨夜情思何处觅，儿时岁月梦中寻。

少年不识离乡苦，华鬓怎堪愁绪侵。

（摄影 / 蓝天）

（2020-03-16）

暮春

一江碧水寄情难，飞尽柳花春已残。
清雾霞深凝细霭，墨池风过起微澜。
千红万紫前时笑，燕语莺声昨夜欢。
沽酒消愁台上饮，朦胧欲醉独凭栏。

（2020-04-18）

宗亲寻根问祖成功有感

恰如旷宇一微尘，零落汪洋没此身。
先祖灵魂何处歇，本家情谊几时陈？
风埃久历寻宗谱，涕泪横流认族亲。
尔后心神得安定，朝来暮去笑声频。

（2020-04-21）

今日沙尘暴

狂风怒吼卷沙尘，淹没蓝天蔽日轮。
稚子匆匆回住室，村姑急急戴纱巾。
近飞苦土多昏障，远看群山尽隐沦。
若教黄霾终不见，茫茫大漠媚如春。

（2020-04-24）

贺建党九十九周年

一轮红日出东方，万里河山换彩妆。
牛鬼蛇神失残迹，工农兵学著华章。
御龙瀚海洪涛息，揽月苍穹烟雨藏。
天下归心强国梦，五星闪耀更辉煌。

（2020-07-01）

卢沟英魂祭

永定河边烽火烈，军民奋勇战倭酋。
抛妻别子遭家难，舍死忘生赴国仇。
浩气长存感天地，英魂永驻谱春秋。
卢沟桥畔新潮涌，明月清辉照九州。

（2020-07-07）

新农村

黛瓦红门粉壁墙，青山绿水映明堂。
花开原野千机锦，稻熟梯田万斗香。
网络通联天下事，舞台流韵古今章。
垂髫黄发怡然乐，笑语欢声传四方。

(2020-07-27)

八一建军节

九十三年风雨路，建军伟业创辉煌。

驱倭荡寇乾坤定，抗美援朝气宇昂。

巨浪翻腾惊敌胆，洪流泛滥筑人墙。

为民为国忘生死，盛世中华挺脊梁。

(2020-08-01)

悼念宋明昌先生

按：宋明昌先生，教授级高工，原北京城建构件厂总工程师、副厂长。

哀音回荡起悲风，满室潸然悼宋公。

卅载光阴师与友，一生情感敬和崇。

英贤陨落堪三叹，后学腾飞不尽穷。

极乐峰前花锦绣，炉香袅袅绕长空。

(2020-08-14)

礼赞吾师

甘为奉献在黉门，励志耕耘晨继昏。

三尺讲台传业道，一支粉笔写师魂。

春风化雨润枝叶，蜡炬成灰培本根。

待到秋来鬓霜染，满园梁栋入青云。

(2020-09-10)

韵和木槿《喜赋中华诗词在线安徽栏目开版》

江淮大地动旌旗，盛赞诗坛开版时。

碧水悠悠吟古调，翠涛切切赋新词。

八方骚客平台聚，四面瑶章网络驰。

种玉耕耘情润久，等闲花发万千枝。

（2020-09-15）

木槿（汪萍）原玉：《喜赋中华诗词在线安徽栏目开版》

立社开坛举大旗，万千骚客竞韬奇。

情融皖水吟高韵，笔挟徽风赋雅词。

网络平台心逐梦，金秋茂树果盈枝。

贺声惊宇晴光灿，顺势鸣弦共此时。

双节同庆

双节相逢喜气连，同歌庚子谱新篇。

南山苍翠三千丈，北斗星辰十万年。

登月何须仙药助，扶贫自有政经传。

东方红日腾空起，辉映环球霞满天。

（2020-09-23）

贺新祠竣工

族亲切盼已多时，今日华堂显玉姿。

先辈恩荣光碧宇，裔孙孝义拜瑶墀。

深根始得枝条长，寸草皆承雨露滋。

尊祖敬宗敦一本，同心筑梦共相期。

（2020-09-29）

清水花谷

昔日煤山鸟不栖，今朝花海惹人迷。

温柔带笑波斯菊，娇艳含羞南美藜。

幽谷繁英云织锦，削崖飞瀑雪吞霓。

可怜腹内诗才尽，多少风光未敢题。

注：清水花谷位于北京市门头沟区清水镇。

（2020-10-04）

淮北印象

东岳蜿蜒相山境，巍峨挺拔树苍苍。

秦砖汉瓦斜晖映，古圣先贤大道光。

烈士丰功昭日月，运河遗迹掩沧桑。

春风浩荡烟尘散，生态之帆正启航。

（2020-10-28）

贺中诗协盛元书院揭牌

暮秋彩叶漫天扬，满眼澄波泛碧光。

书院揭牌同致贺，贤儒登艇共开航。

立言立德传千载，培土培基赋万章。

国学继承敦大业，中华气宇更轩昂！

（2020-11-07）

叹陈王

无情最是帝王家，空有丹心照碧霞。

七步成诗八荒怨，千言著赋万年夸。

豪雄风韵含仙气，典范文章夺丽华。

辗转迁封难得志，几番惆怅几番嗟。

（2020-11-25）

次韵李正国先生《贺安徽诗人之家年会召开》

雅韵清音彻碧寥，庐阳盛会奏云韶。

诗凝玉露冰心在，词吐春风寒意销。

星采珠光铺锦绣，莺声燕语舞琼瑶。

传承国学同酣畅，激荡豪情越峻峤。

（2020-11-30）

李正国先生原玉：《贺安徽诗人之家年会召开》

玉轸轻弹响寂寥，知音觅处见春韶。

忽闻唐津蓝湾咏，更显昭文八皖销。

绿蚁千盅斟隽秀，明珠几百结馨瑶。

从今挽月吾家照，分与清辉嵌碧峤。

题汪萍宗亲聚会相册

汪氏宗亲聚一堂，欢声笑语喜洋洋。

年当耄耋精神健，岁值青春才韵长。

满面和风谈族事，通宵别梦话家常。

中华传统须承继，社会安宁国运昌。

（2020-12-06）

次韵中新先生《恨水文风在长流》

雅韵清音见赤诚，诗心画意接云平。

潜阳明月三秋梦，恨水流风万里情。

天柱迢遥犹在望，黄梅婉转不闻声。

故乡骚客常吟咏，国学传承志气宏。

（2020-12-13）

中新先生原玉：《恨水文风在长流》

家乡老少聚丹诚，恨水流风踏仄平。

天柱长春存厚望，新居美景蕴幽情。

闲来练笔搜神韵，忙里翻书发古声。

一石清涟波浪起，潜阳鼓动听恢宏。

郊野小屋

农家小屋傍山坳，几缕炊烟绕柳梢。

岭上鸡鹅吟雅乐，园中蔬果是珍肴。

香茶一盏窗前品，俗事三千脑后抛。

喧闹远离多逸趣，风情无限在村郊。

（2021-01-11）

贺蕲邑味根堂宗亲谱牒告竣兼和兴吾中新二宗亲

敬祖尊宗情至真，谱书编纂满堂春。

先贤懿范堪为宝，后世宏猷自足珍。

二八房头圆绮梦，万千裔胄慰家亲。

临屏蕲邑传佳讯，笑逐颜开痛饮醇。

（2021-01-24）

兴吾宗亲原玉：《贺蕲邑汪氏味根堂三修宗谱告竣》

颍水潋山源脉真，蕲园重发古枝春。

味根堂号思图取，汪畈村名是自珍。

一十六房三度合，千余百户一家亲。

功成庚子开新局，更赞同宗如饮醇。

中新宗亲原玉：《贺蕲邑汪氏味根堂三修宗谱告竣》

孝道钦承意最真，理宗收族几经春。

序言传记篇篇秀，祀典家风字字珍。

世系源流明上下，瓜藤枝蔓辨疏亲。

谱书告竣遥相祝，致贺蕲阳共饮醇。

西山漫步

闲来漫步西山下，古树根前雪未融。

荒草斑斑荒大野，噪鸦点点噪寒空。

玉兰枝上新苞结，清客园中冷艳笼。

岁月轮回春复至，流光飞逝再难逢。

（2021-01-31）

贺安徽诗词之家开版中华诗词论坛

网络论坛骚客聚，中华诗版喜添新。

徽风皖韵青云动，才子佳人瑶玉频。

唱和尧年吟不绝，传承国学永求真。

江淮大地霞光绕，似锦繁花万里春。

（2021-02-07）

悼爱述宗亲

欲识尊颜终未成，大贤至德久闻名。
笃亲收族编宗谱，培土立碑修祖茔。
两袖风霜昭素志，一腔热血见丹诚。
今朝驾鹤归西去，皖水潜山倍怆情。

（2021-02-17）

手机

小小荧屏别有功，一机在手具神通。
上天入地知无尽，茹古涵今识未穷。
经岁老歌思旧梦，隔空私语诉幽衷。
少年求学读书日，不可沉迷游戏中。

（2021-03-05）

清明

车似长龙小路行，家家户户祭先茔。
青山总绕香烟色，翠岭时闻爆竹声。
游子他乡归故里，流年此日问浮生。
哀思且寄飞灰去，回首春花照眼明。

（2021-04-09）

徐老师和诗

仲春时节故乡行，专为宗亲祭祖茔。

熟闻山冲泥涅味，久违尖顶鸟鸣声。

慰师忆学回年少，访旧交新串友生。

未及详谈几惘帐，匆匆惜别一清明。

中新先生《韵和恭胜叔清明诗》

驱车千里伴风行，为祭新祠与祖茔。

虔拜亲宗瞻冢冢，累捐巨款响声声。

假期有限归程急，美德无垠洪福生。

愧疚心思随北注，吾家一本赖君明。

注：为恭胜叔、于婶辛丑清明自京驾车回乡祭祖并捐款有感而作。

同窗相聚感怀

按：4月4日晚，与诸同学及好友在潜山相聚。

同窗小聚喜心头，花自娇妍草自柔。
岁月无情存意气，江山不老尽风流。
千杯美酒何辞醉，满室欢歌谁识愁。
唯愿人生多快乐，平安康健度春秋。

（摄影/燕儿飞飞）

（2021-04-10）

题林塘

故园春草满池塘，如雪柳花轻荡飏。

云影依稀今日梦，波痕摇曳旧时装。

少年漂泊任风雨，老大归来多感伤。

诗意可除心上苦，且将惆怅化清狂。

（2021-04-11）

注：林塘位于潜山市源潭镇长安村。

魅力小镇——官庄

群峰环抱清幽地，秋色春光掩画堂。

禅寺敲钟尘念远，桑皮造纸故宫藏。

福源豆腐滋诗兴，金紫山泉润俗肠。

七叶衍祥传孝义，千年古镇美名扬。

注：官庄是安徽省安庆市潜山市下辖的一个镇。

（2021-04-18）

赠韵沣农业董事长储根盘同学

生态庄园产桑葚，食中佳品药中珍。
果鲜汁美长回味，水净天清不染尘。
野岭荒山换新貌，耕农蚕妇别村贫。
储君凭借东风劲，绮梦同圆处处春！

（2021-04-23）

纪念五四运动

巴黎和会最堪羞，激荡风雷震五洲。
滚滚学潮谋正义，滔滔工运策清流。
青春热血斜阳染，壮志豪情祖国酬。
革命精神传万代，今逢盛世赞歌讴。

（2021-04-29）

携妻游小清河公园

夹岸青林映碧波，白杨拍手舞婆娑。
枝头且听莺声语，水畔但闻蛙鼓歌。
识得红尘清净地，方知俗世是非河。
闲来携侣游胜境，不逐繁华快乐多。

注：小清河公园位于房山区长阳镇。

（2021-05-02）

春日黄岭

遍野金光耀户庭，村前人望翠云屏。

莺声松韵身轻地，绿柳廊桥心远亭。

黄岭文风吹万里，长春湖水映群星。

大贤隐在山冈上，逸响清音自有经。

（2021-05-20）

大学毕业三十年感怀

时光荏苒逝芳华，鬓染清霜不自嗟。

三十年前争意气，五旬物外淡生涯。

浮沉世事杯中酒，聚散风云碗里茶。

绿水青山心所系，春来秋至看飞花。

（2021-05-21）

四赞张恨水先生

书斋幽雅墨飘香，景象万千心里藏。

小说词章皆得意，街头巷尾尽褒扬。

慰情陶性砭时弊，御侮弯弓讽上方。

伸纸拈毫有神助，等身著作放光芒。

（2021-05-27）

赠韩明辉同学

倜傥风流才艺佳，悠然自得度年华。
香甜小店山中果，淡雅明堂雾里茶。
妙笔文章情更逸，高歌乡曲韵犹嘉。
红尘滚滚云烟散，碧海晴空渺际涯。

（2021-05-28）

山城结缘三十年

山城共读结因缘，磨炼求知度锦年。
极目江流涌天际，迷人夜色近窗前。
绿茵场上论高下，教学楼中竞后先。
今日归来温旧梦，青春似火带花燃。

（2021-06-13）

放榜

苦读寒窗十二秋，前程陌路欲何求？
王城未必侯门入，野径应能胜地游。
逆顺阴晴等闲对，高低远近自培修。
青春无悔平生志，可著狂篇索唱酬。

（2021-06-23）

息烽葡萄酒

樽有葡萄生异香，息烽美酒客先尝。
半山玉露轻流韵，一片丹霞浅入觞。
久别佳人无限意，多情才子几回肠。
相逢良友何辞醉，纵饮千杯也不妨。

（2021-06-25）

息烽集中营

峻岭崇山掩一庄，森森炼狱此间藏。
阴风惨惨水牢屋，杀气腾腾刑讯房。
虎入笼中威不倒，心怀天下志轩昂。
燎原烽火谁能息，烈焰熊熊映九苍！

（2021-06-27）

九、词

相见欢·赞大学同学大理聚会

风花雪月之城，聚群英。四载同窗情意似浆琼。
狂歌吼，杯杯酒，醉豪情。唯愿三生三世伴君行。

（2017-05-04）

相见欢·读胜哥同题有感斗胆和之

汪也为

当时故事堪寻，少年吟。谁料四十之后冀云侵。
山未老，无边草，慨而今。饶是人间三月好光阴。

玉簟秋·记《摔跤吧爸爸》

训女殷殷万里忱，朝起鸡鸣，暮至更深。流言蜚语耳中闻，剪断青丝，
失志明心。
历尽艰难绝古今，技艺超群，终获佳音。谁言女子不如丁？长也收金，
次也收金。

（2017-05-14 母亲节）

【十六字令】

（一）

天，密布阴云闪电连。倾盆雨，檐下似飞泉。

（二）

钱，整蛊人生暖与寒。纷纷扰，受累到何年？

（三）

钱，多也缠磨少也烦。轻轻看，快乐似神仙。

（四）

山，翠柏苍松展笑颜。神仙境，袅袅起云烟。

（五）

花，艳丽缤纷似锦霞。香流溢，袅袅竟无涯。

(2017-06-23)

长相思·期盼同学再相聚

聚依依，散依依，年少青春梦里归。野中情不移。

盼佳期，数佳期，几度繁花几度思。桂香馥郁时。

(2017-09-12)

西江月·回故乡

攘攘熙熙行客，恰逢国庆中秋。翻山越岭故乡游，乐见亲朋好友。
荏苒时光飞逝，荒园拔起高楼。少年伙伴鬓霜留，明月清风依旧。

(2017-10-01)

江城子·江南烟雨雾蒙蒙

江南烟雨雾蒙蒙。草葱茏，水淙淙。繁花似锦，馥郁润心胸。漫步岭南
林密处，闻鸟语，醉春风。

离乡别井到京中。盼飞鸿，任秋冬。诗心酒意，雪夜两相逢。万水千山
丝不断，情切切，恨重重。

(2018-03-16)

鹧鸪天·涡阳印象

细雨和风春正芳，铁龙电掣到涡阳。麦苗油菜飘云锦，小鸭黄鹅奏乐章。
瞻老子，谒嵇康，评词郴剧美名扬。龙山谷水如仙境，润养当方岁久长。

(2018-04-23)

水调歌头·孩子成人典礼

岁月似流水，小子已成人。阳春三月，身临典礼泪飞频。校长深情演绎，
感动三千座席，陶冶铸灵魂。盟誓动天地，家国建功勋。

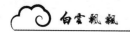

丈夫志，在四海，利人民。感恩师德，培幼苗万苦千辛。牢记先贤教诲，实践人生善美，诸事要求真。海阔凭鱼跃，莫负好青春。

（2018-04-29）

渔歌子·狂风暴雨

滚滚雷声闪掣连，俄顷前路变池渊。
天漫幕，地生烟，树无大小尽疯癫。

（2018-08-11）

菩萨蛮·京西古道

千年古道行人少，秋风瑟瑟残阳老。商贾路茫茫，蜿蜒通八方。
关城牛角岭，马载驴驮影。蹄印卷风云，古今烟与尘。

（2018-08-28）

鹧鸪天·开文醉酒

云淡风轻月似钩，同窗相聚乐悠悠。少年心事谁知晓？老大情怀不是秋。
清梦路，欲何求？长思佳丽一回眸。且斟美酒三千盏，醉到魂消方始休。

（2018-09-12）

采桑子·中秋思亲

从前陌野流金日，笑语声稠，夜色清幽，丹桂飘香月满楼。

慈严已去情恒在，多少怊惘，多少悲忧，辉洒京城写客愁。

(2018-09-18)

鹧鸪天·赠恩师单丽华老师

按：我小学二年级的时候，来了一位下放女学生给我们代课，她就是单丽华老师。那时候，我家境贫寒，交不起学费，单老师就帮我垫付；有一次，我被同桌打得鼻出血，耽误课程，单老师就不辞辛劳到我家给我补课……单老师给我幼小的心灵留下了伟岸而美丽的深刻印象，今天没有忘记，将来也不会忘记，直到永远。在这里，我真诚地对单老师说：您的高贵品格一直激励着我，一直鞭策着我。感谢您，尊敬的单老师！

秋露晶莹入夜寒，为师一赋鹧鸪天。推窗望月清辉冷，键字临屏气韵绵。
思过往，忆从前，情殷深处泪潸然。先生大德尤难忘，荏苒时光四十年。

荏苒时光四十年，为师二赋鹧鸪天。红飞翠舞初来校，燕语莺歌始执鞭。
声婉转，业精专，春风化雨润心田。言行举止皆垂范，玉洁冰清锦绣篇。

玉洁冰清锦绣篇，为师三赋鹧鸪天。长安几度神魂绕，日下何曾意绪闲。
扶窘困，济艰难，少童铭记在心间。缘因仙子来相助，发愤图强志更坚。

发愤图强志更坚，为师四赋鹧鸪天。学堂同桌施狂暴，校外先生辅笃专。
翻土岭，越丘山，不辞辛苦访家园。灵魂幼小甘霖沐，漫漫人生日日妍。

漫漫人生日日妍，为师五赋鹧鸪天。立心谨记诚当本，行事常思德在先。春不老，月常圆，年年岁岁笑开颜。宜城山水浑如画，护佑先生福寿全。

(2018-11-01)

深院月·呼市雾霾

山隐隐，日昏昏。楼罩青纱人断魂。欲借龙王东海水，洗城洗市洗乾坤。

(2018-11-26)

捣练子·心

心似水，意如潮，一叶扁舟任荡摇。秋去冬来春几度，白云片片自飘飘。

(2018-12-07)

鹧鸪天·冬至

长至时来大似年，烹鹅宰鸭祭神先。迎冬贺岁公卿敬，祈福求安百姓虔。包水饺，下汤圆，北南风俗共承传。六阴消尽初阳始，数九严寒冰雪天。

(2018-12-22)

鹧鸪天·元旦随想

荏苒时光又一年，且将过往细思联。红花自有零凋日，顽石焉无矜炫天？风瑟瑟，雪绵绵，寒冬过后是春妍。循环大道无穷已，须趁当今种福田。

(2019-01-01)

鹧鸪天·节前洒扫庭除

十九繁忙二十三，折松制帚系长衫。房檐蛛网消痕迹，屋角尘灰踪影潜。除旧秽，换新帘。清风爽气自来添。俗心烦恼随波去，如沐春光似酒酣。

注：这是回忆老家的风俗，家乡腊月十九或二十三打扫卫生，如果十九太忙可以待二十三再打扫。

(2019-01-28)

章台柳·新春到

新春到，新春到。点点红梅枝上俏。冉冉东风递信来，煦日江南看花早。

(2019-02-08)

行香子·特别纪念日

满室芬芳，别样春光。最缤纷、绮丽非常。刺玫百合，醇若琼浆。正红花娇，粉花艳，黄花香。

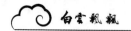

前缘难忘，又遇何郎。慨而今、倾诉衷肠。历风经雨，岁月悠长。愿君心欢，妾身健，到天荒！

（2019-03-06）

鹧鸪天·武大赏樱

武大樱园夜向晨，客如潮涌往来频。红颜佳丽空遗梦，玉树琼枝不染尘。花瓣落，雪纷纷，幽香拂过醉游人。纵然千万愁和憾，荡荡飘飘付水云。

（2019-03-25）

行香子·春日回乡

水绿山苍，燕舞莺翔。微风起、遍野飘香。烟村春色，溢彩流光。看桃花红，李花白，菜花黄。

潜河明月，天柱斜阳。故园前，翠绕池塘。黄梅幽韵，动我心肠。叹亲情厚，友情重，别情长。

（2019-03-26）

一剪梅·遇小乔

按：本故事纯属虚构。

昔日山城遇小乔，朝也魂消，暮也魂消。岁光容易把人抛，须发萧萧，鬓发萧萧。

不意相逢在昨宵，爱上眉梢，恨上眉梢。旧时郁怨直堪聊，茶饮三瓢，酒饮三瓢。

相见欢·读杨文科先生《同学聚会即兴》有感

何须感叹流光，醉千觞。姜尚古稀韬略建辉煌。

淡名利，添诗意，续新章！唯愿人生精彩韵悠扬。

（2019-04-25）

江城子·母亲去世八周年

萱堂仙去几经年，梦萦牵，伴愁眠。笑貌音容，犹似在身边。今夕又逢娘忌日，心耿耿，泪潸然。

夜深忽见母慈颜，盼儿还，独凭栏。煮饭缝衣，寒暑种瓜田。故土远离诚落寞，难尽孝，最堪怜！

（2019-06-05）

虞美人·夏日随笔

虫儿唧唧蝉儿闹，烈日当空照。浓荫古木自清凉，席地幕天酣梦五云乡。

秦皇威武神州统，秉鉴金山拱。寒来暑往几千年，世事悠悠如幻亦如烟。

（2019-06-23）

南乡子·三十多年前的暑假

火伞高张，云蒸日晒最难当。割稻栽秧双抢季，禾田里，谷满筐箩津满地。

（2019-07-08）

行香子·又见秋光

按：近日，快乐、周周、紫霞仙子等亲朋好友纷纷送来桃、李、梨等水果，忽然想起，又是金秋时光……

又见秋光，天已微凉。南山外、一抹斜阳。小园信步，瓜果飘香。正桃儿红，李儿紫，梨儿黄。

流连美景，无限彷徨。念过往、愁绪神伤。如梭岁月，世事无常。盼国安和，家安吉，民安康。

（2019-08-11）

鹧鸪天·工科男学炖鱼

（新韵）

心血来潮入灶间，自修厨艺起炊烟。流程工序皆知晓，参数原材俱备全。葱蒜酱，辣姜盐。须尝汤味淡和咸。爱心一点融真意，斗室飘香处处鲜。

（2019-08-12）

鹧鸪天·自娱自乐

晨露清凉八月天，别离仙境到人间。耳闻绉绉黄梅曲，眼见幽幽万岁山。经蜀地，转京燕；寒来暑往几经年。黄昏又是秋风起，今夜乡魂飘故园。

（2019-09-18）

浣溪沙·国庆灯光秀

万丈高楼锁画屏，人间美景映天庭。灵霄殿上众仙惊。
四海云霞迎盛世，九州歌舞庆升平。中华崛起势飞腾！

（2019-09-30）

浣溪沙·国庆

猎猎红旗飘满天，神州处处喜开颜。欢歌盛世动坤乾。
富国强军惊世界，青山绿水醉神仙。盼期一统大团圆。

（2019-10-01）

鹧鸪天·观国庆盛典

雨雨风风七十年，中华新貌震瀛寰。航天潜海威名著，富国强军伟业繁。
扶困悴，扫凶蛮。白云碧水伴青山。初心不忘谋民利，砥砺前行志更坚。

（2019-10-01）

江城子·秋夜情思

　　飘零一叶漫山秋，落霞收，露华稠。如钩冷月，初上柳梢头。唧唧虫声
如泣诉，吟不断，几时休。
　　茫茫夜色浸西楼，念幽幽，是离愁。往年今日，多在故乡游。金浪重重
常入梦，身万里，泪空流。

（2019-10-04）

采桑子·祝福阿姨

重阳佳节齐相聚，老者慈祥，少者瑶章，笑语欢声绕画梁。

童颜鹤发精神健，天赐安康，地赐安康，如意人生岁月长。

（2019-10-07）

采桑子·无题

寒风渐起深秋意，黄叶飘飘，云淡天高，极目山巅万里遥。

连年愁绪堪肠断，飞入银霄，跌落尘坳，大海茫茫水上漂。

（2019-10-12）

捣练子·同窗小聚

按：彭同学来京，邀约在京同学小聚有感。

春满室，酒盈盅。笑语忘机岂易逢？虽是晚寒风瑟瑟，砚台相会暖融融。

（2019-10-18）

苍梧谣·秋（三首）

（一）

秋，黄叶纷飞满地愁。凄凉夜，一梦到舒州。

（二）

秋，风起萧萧月照楼。随黄叶，今夜故乡游。

（三）

秋，浊酒杯杯醉眼眸。归乡梦，且待几时休！

（2019-10-26）

长相思·昨夜风雨声

风一更，雨一更，长夜无眠梦不成。天光渐已明。

怕多情，自多情。日日思卿难见卿。怅然过此生。

（2019-11-10）

碧霄雅和

日一程，月一程，如水时光不暂停。伤怜白发生。

笑多情，恼多情，夜半无由常忆卿。欲眠天已明。

浣溪沙·苏州评弹

玉指纤纤拨四弦，朱唇未启意先传，韵声袅袅下瑶天。

软语幽柔醒复醉，深情宛转恨兼欢。余音不绝梦魂牵。

（2019-11-21）

鹧鸪天·克市之雪

紫府前宵丽影重，双成姑射醉朦胧。一花飞絮祥云舞，千树新枝瑞叶封。
姿窈窕，态玲珑。幽幽琴韵到天中。河山万里尘埃尽，玉面冰心贺岁丰。

（2019-12-12）

减字木兰花·心魔

愁容病色，不见白衣诚忐忑。求药求医，血气如常莫起疑。
幻魔未治，苦难凹坑难自弃。摄意凝神，掸尽贪痴心上尘。

（2020-01-07）

扬州慢·幼儿园与养老院

抬眼前方，堵车无数，只缘幼稚归家。尽欢心喜笑，抱挚爱娇娃。老年院、
门前冷落，倚栏干处，望断天涯。 盼儿回、难觅行踪，长叹长嗟！
孝慈有别，盖因私，人性无差。想跪乳羔羊，灵乌反哺，其义堪嘉！切
不可忘恩德，亲情失，愧对爹妈。愿余晖西照，尘寰红遍烟霞。

（2020-01-09）

浣溪沙·灯下漫步随感

寞寞孤灯瘦影长，院前小路洒昏黄。京城南望夜苍苍。
尽日东风吹万宇，漫天妖雾散千方。冰融春满百花香。

（2020-02-18）

沁园春·永定河畔北臧村

日下明珠，永定琼葩，魅力北臧。看阳春三月，田园溢彩；金秋四野，
瓜果流香。漫步茏葱，泛舟碧潋，云水青林入画堂。神仙境，竞文人骚客，
翰墨壶觞。

讴歌七帙辉煌，喜生态乡村富变强。赞基因医药，高新艳丽；满巴民俗，
淳朴芬芳。旺旅兴农，繁荣特色，锤子镰刀奏乐章。嘶鸣处，正奋蹄疾劲，
斗志昂扬。

(2020-03-24)

鹧鸪天·韩主席家小花园

小小园中种百花，嫣红姹紫灿如霞。天香国色非凡品，翠蔓青藤竞物华。
温老酒，煮新茶，宾朋相约到君家。谈经论道诚为乐，笑语欢声荡海涯。

(2020-05-07)

秦楼月·端阳节

端阳节，汨罗江上涛声咽。涛声咽，万年遗恨，直臣冤别。
龙舟破浪千堆雪，角黎黄酒清香彻。清香彻，英魂长驻，永垂忠烈。

(2020-06-11)

鹧鸪天·漫步西郊雨洪调蓄工程

城市喧嚣已远离，垂杨滴翠草萋萋。晚霞一抹吟怀重，月季千株望眼迷。
云渺渺，水依依。林间小鸟正欢啼。深行幽径难知返，佳境陶然自忘机。

(2020-06-19)

采桑子·军民携手抗洪抢险

携枝裹石惊涛涌，路涨鸿河，屋宿青螺，万顷良田荡浩波。
同心岂惧重重险，奋战盘涡，驱散洪魔，日月星辰奏凯歌。

（2020-07-18）

望江东·点赞军兵抗洪

垂地浓云雨声急，水漫漫、江横溢。田园道路变渊泽，看不尽、苍生泣。
雄兵救难无遗力，险危处、先锋集。肖然任尔霹雷激，战旗在、潮头立。

(2020-07-27)

玉楼春·花蕊夫人

艳冠群芳倾国貌，才绝尘寰诗韵妙。述亡遗恨至今存，哀怨昏君无正道。
几度春风悲幻杳，三代帝王怜美姣。香消玉殒化云烟，只在洞仙歌里绕。

(2020-08-04)

鹧鸪天·读杨文科先生诗稿感赋

跨界精英咏巨篇，清音雅韵自悠然。释文研理千山道，博古通今万仞渊。
提彩笔，绘红颜，一壶美酒醉流连。人生得意酬佳景，日日风光云水间。

(2020-08-26)

浣溪沙·忆农村交公粮

越岭翻山汗水长，家家户户送粮忙。如山稻谷闪金光。
稼穑兴功根本固，都城得益国家强。丰碑一座总辉煌。

(2020-08-29)

浣溪沙·韵和木槿《秋兴》

南国秋光景自佳，菊丛绽蕊稻叉牙；桂香馥郁绕田家。
回望故园三盏酒，试看前路一壶茶。夜来明月照天涯。

(2020-09-08)

长相思·花草之恋

风悠悠，雨悠悠。花有浓情草自柔，缠绵爱意稠。
日如流，月如流。相伴今生春到秋，不言悔与愁。

（2020-09-20）

长相思·军嫂情怀

夜阑珊，泪阑珊，冷冷清辉照榻前。长宵独不眠。
国安全，民安全。郎在疆城哨所边。神州月正圆。

(2020-09-30)

鹧鸪天·秋之黄昏

信步登高气宇昂，人间好景是秋光。菊花脉脉凌寒笑，红叶盈盈着意翔。
云赤锦，稻金黄。天明水净国隆昌。忽闻坊里欢声起，阵阵弦歌韵久长。

（2020-10-13）

鹧鸪天·京畿农家院

小院风光如画图，瓜黄茄紫间青蔬。金灯屋后枝头挂，锦羽檐前篱下呼。
红宝石，绿珍珠。盆中架上果如铺。流连忘返斜阳照，洗尽心尘酒一壶。

（2020-10-18）

浣溪沙·题照老师同学聚会

岁月匆匆逝水流，重逢已是鬓如秋。绿茵场里话从头。
美酒一杯心上过，青春无限眼前浮。欢声笑语下重楼。

（2020-11-01）

南乡子·古道森森

古道森森，空山寂寂慑人心。岭上寒鸦啼杪际，凄厉。忽有乌阳穿树里。

（2020-12-20）

长相思·雪湖

雪湖柔，学湖柔，四季风光醉眼眸。湖滨起画楼。
不生愁，又生愁，美景良辰谁共游？凄凄恨未休。

（2020-12-30）

长相思·岁暮

待一年，又一年，何日才能归故园？瘴烟搅梦残。
夜未眠，人未眠，且把乡愁和雪煎，有甜也有酸。

（2021-01-09）

梦江南·冬夜漫步

风萧瑟，小径染昏黄。湖面风波疑寝滞，山前颜色失幽香。难忘旧时光。

（2021-01-11）

鹧鸪天·题汪萍相册《梦中的家》

三十余年住此房，诗情画意韵幽长。雨滋竹叶盈庭翠，风动荷花满院香。
和气绕，笑声扬。温馨生活好时光。搜来图像封成册，慰我愁思九转肠。

（2021-02-02）

鹧鸪天·贺新春

朗朗云天暖意融，神州大地沐春风。梅花朵朵枝头俏，流水潺潺溪上淙。
逢盛世，遇明公，民安国泰九州同。蓝图擘画谋新局，伟业千秋气势雄。

（2021-02-13）

遐方怨·春雨

云寂寂，雾茫茫；细雨蒙蒙，一如南国春水长，竟难分故里他乡。客心
千万绪，转愁伤。

（2021-03-01）

深院月·特别纪念日

风有韵，雨多情。雨雨风风执手行。共踏岭峰同远望，任由华发此中生。

（2021-03-07）

长相思·同窗情

山茫茫，水茫茫。海北天南各一方。幽幽岁月长。
怯流光，惜流光。别后渝州鬓已霜。真情永不忘。

（2021-04-19）

巫山一段云·忆大学时光

江畔燃篝火，南山解闷愁。绿茵场上亦风流，日日笑声稠。
绿树楼前翠，青春梦里柔。光阴似水去难留，往事记心头。

(2021-05-17)

为汪恭胜诗集自序而作

徐际昷

诗功词骨浔之心，霜露凝珠笔墨林。

倚理攀文驾轻熟，凭宗尊祖始通今。

一专多好精思富，八雅重操博爱深。

意志坚强磨乃就，神情愉悦在歌吟。